ぼくの死体をよろしくたのむ

川上弘美著

新潮社版

11646

目次

ぼくの死体をよろしくたのむ

鍵《かぎ》

うしろ姿に胸がときめいたのは、生まれてはじめてのことだった。

その人の首はふとく、けれど余分な脂肪はいっさいまとっておらず、よく張った筋肉がそのまま肩へと続いているのが、なんの変哲もないTシャツの生地を通してもよくわかるのだった。

半袖《はんそで》からのびた腕は、ほどよく日焼けしており、三頭筋と二頭筋がきれいなバランスで上腕をかたちづくっている。そのまま垂らされた手の先にある左てのひらは、駅ビルのショッピングセンターの中にある八百屋の袋を提げもっており、右てのひらには、小さな銀色のものを握っている。

(銀色、なんだろう)

思いながら、そっと近づいた。

ダンベルだった。

近づけば近づくほど、その人の筋肉が美しく張っていることがわかった。これまでのわたしの人生、筋肉なんていうものには、これっぱかしの関心も持ったことがなかったのに。

恋だ。直感した。

次にその人を見たのは、公園だった。

最初は、人だと思わなかった。もちろん、人の形をしているのだから人間のはずなのだけれど、あまりにその姿勢が正しく直立で、おまけに微動だにしないので、男のマネキン人形だと思ったのだ。

(こんなところに、どうしてマネキンが？　それも男の？)

歩き過ぎようと思っていたのだけれど、ふとそのマネキンが動いたような気がした。そっと窺《うかが》っていると、マネキンは突然腕立てふせを始めた。

(あっ、あの人だ)

遠目で顔はわからなかったのだけれど——そもそも、この前はうしろ姿を見ただけで、どんな顔かたちの人なのだか、年齢はどのくらいなのかも、わたしは知らなかったのだ——その美しい筋肉の動きで、すぐにわかった。

おそるおそる、わたしは公園へと踏み入った。砂場の横に、子供を連れたお母さんたちが数人たむろしている。その人が腕立てふせをしているのは、砂場とはすべり台をはさんだ反対側だった。お母さんたちは、その人に背を向けている。けれど、その人の存在を意識しているのは、あきらかだった。そしてまた、その人の存在を、ないことにしようとしていることも。

すべり台の横にあるベンチに、わたしは座った。買ってきたばかりの雑誌を取り出し、開いた。その人の息の音が、聞こえた。

はっ、はっ、はっ。

息の音は、規則正しく、そして荒く、いつまでも続いた。

その人の顔を、わたしはまだ知らなかった。

うしろ姿と、うつむいて腕立てふせをする首すじと、あとは広くて隆々とした背中。それだけが、わたしの知っているその人である。

公園で腕立てふせをしていたあの日、その人はいつの間にか、ふっといなくなってしまった。吹いている風に雑誌のページがめくれ、砂場の子供がこぜりあいをして声をあげ、ほんのわずかな間気を取られているうちに、その人は姿を消した。

わたしは、恋をしたことがほとんどない。

つきあう、と呼ばれる行為は、したことがあるような、気がする。一緒に映画を見に行ったり。さして用件のないメールをしょっちゅうかわしあったり。会社の帰りに待ち合わせて食事をしたり。そのうちの何回かに一回は、相手の部屋（または、わたしの部屋）に泊まったり。

どうやって、そのような「つきあう」行為が始まるのか、実のところ、わたしにはよくわかっていない。世間さまの女や男たちは、「告白する」という行為をもって「つきあう」ことを始めることが多い、ということは、小学校の頃から見聞きしているから、わたしだって知っている。でも、わたしは、一回も誰かに「告白」したこともないし、されたこともないのだ。いつも始まりは、なんとなく、だ。

打ち明けてしまうけれど、好き、という言葉を、相手から聞いたことも、わたしは今まで一回もない。好き、と、相手に言ったことも、むろん。

「つきあった」男の人は、三人いる。三十二歳というわたしの年齢からすると、まあ、決して多くはないだろう。でも、ものすごく少ないというわけでもない。

どれも、恋ではなかった。そのことを、わたしは知らなかった。その人に会うまでは。

その人のすまいを、見つけた。

そこは、公園のすぐ裏側にある神社の、小さな林の中だった。

きれいに並べられたいくつかの箱と、青いビニールシートが、その人のすまいをかたちづくっていた。その人は静かにビニールシートの屋根の下に寝そべり、息をしていた。目を閉じ、あおむけになっていた。

（あれは、死体のポーズだ）

ヨガの教室で、わたしがいちばん好きなポーズである。静かに腹式呼吸をしながら、できるだけぼんやりした心もちになるポーズ。

寝そべっていると、立っている時よりもさらに、その人の体のうつくしさは際立《きわだ》った。たいらなお腹《なか》が、息をすうときれいにふくらみ、吐くと今度はきれいにそげる。胸も肩も足も、すべてが緊密なラインを描いていた。いつもと同じ、なんの変哲もない白いTシャツと灰色の半ズボンを身につけてはいるけれど、まるで裸体であるような印象を、その体は与えた。

ふらふらと、わたしはその人の方へと歩いていった。その人の髪は短かった。白いものが少し混じっている。ひげはたくわえておらず、眉《まゆ》はふとい。

青いビニールシートのすぐ端に、わたしは立った。

その人と、目があった。

澄んだ、目だった。


その人の名は、七生《ななお》といった。

七番目の子供だから。

口少《くちずく》なその人にしては珍しく、自分から名前の由来を教えてくれた。

その人とは、このごろはいつも公園で会う。砂場の子供とその母親たちも、ちかごろはわたしとその人のことに慣れたようで、前のように、いかにも怪しいものを見るようなそぶりはしなくなった。

会っている時も、その人はいつも体のどこかを動かしている。または、いっさいの動きを止めて、以前わたしがマネキン人形とまちがえた時と同じように、微動だにせず美しく立っている。

わたしは、銀色のダンベルを一つ、もらった。

「欲しそうにしてるから」

と、その人は言った。その人の持っているものならば、わたしは何でも欲しかった。そして、その人が欲するものならば、何でもあげたかった。

「でも、欲しいものは、ない」

その人は言う。その人が欲しいのは、今ある自分の体と、あとは体を保つだけの食べ物と、水だけなのだ。

「お金は、いらないの」

聞くと、その人は静かに首をふる。

その人は、ホームレスの生活をしているけれど、仕事はしている。フリーの校閲《こうえつ》が、その人の仕事だ。

「おうちで、仕事するの?」

「出版社に行って、校閲の部屋でする」

その人は、砂場の子供がこちらに走ってきて笑いかけても、笑い返さない。わたしが笑っても、一緒には笑ったりはしない。

「生きてるの、つまらない?」

その人は答えなかった。少し首をかしげ、最後に、

「つまらなくない」

と答えた。

七生という名前は、案外気に入っていると、その人はいつかつぶやいていた。

「わたしの名前は、鈴音《すずね》」

教えたけれど、その人は、何も言わなかった。それからも、名前を呼んでくれたことはない。だからわたしも、その人の名前は呼ばない。日本語は、便利だ。あなた、だの、きみ、だの、名前をよぶ、だのしなくても、喋《しゃべ》りかけることができる。

夏のまっさかりになると、公園にはたくさん蚊が出た。その人は、蚊にさされやすい人だった。

「うまい血だから」

いつもの無表情で言ったので、笑い損ねたけれど、たぶんその人には珍しく冗談めいたことを言ったつもりではなかったろうか。

会っている時も、その人はわたしの体にふれたりはしなかった。

わたしは、その人の体にふれたくてしかたがなかった。だから、ときどき頼んで、ふれさせてもらった。

腕と、肩と、そして腰のうしろのあたり。

力をいれていない時は、思いがけないくらいその人の体は柔らかかった。

「筋肉って、やわらかいんだ」

「やわらかくない場合も、ある」

自分の筋肉を、さわってみた。筋肉なんて、ほとんどなかった。それなのに、わたしの体はその人よりもずっと固かった。


その人の顔を、今はもう知っている。

けれど、その人と会っていない時にその人の顔をそらで思い出すことは、できない。顔だの、声だの、性格だの、その人の一部分のことではなく、わたしはその人の全部、全部が全部に、恋したのだ。

でも、全部って、何だろう。

体があって、心があって、それにつれて表情があらわれ、声がもれる。

それが、わたしにとってのその人の全部だ。

公園にその人がいない時には、その人のすまいに行ってみる。

暗い時間には、その人はたいがいすまいにいる。大きなお鍋《なべ》で、スープを煮ている。

鶏をまるごと一羽、そしてこれもまるごとのにんじんやじゃがいも、キャベツにセロリ。最初はきれいな形を保っていた鶏も野菜も、やがて煮くずれてゆく。

「どろどろになったのが、いちばんうまい」

その人は言う。一度、どろどろのを飲ませてもらった。ほんとうに、おいしかった。パンも食べるか？　と聞かれたので、うなずいた。ごそごそ音をたてて取り出されたコッペパンを、手渡しされた。布のずだ袋に入っていた。

「ほかに、何が入ってるの」

聞いたら、その人はしばらく袋をのぞきこんでいた。

「米と、ナイフと、コップと、冬の防寒コートと、ダンベル三本と、あとはまあ、がらくただ」

「がらくたって？」

がらくたはな、と言いながら、その人はまた袋をのぞきこんだ。

眼鏡があるな。あと、ノートが二冊、これは仕事の覚書用だ。それから、金がほんの少しに、あとは、鍵。

その人のすまいは、神社の一隅の林である。鍵って、どこの鍵なんだろう。わたしは思ったけれど、その時は訊《たず》ねることができなかった。

恋をしていることは、誰にも言っていない。

会社にはきちんと行き、有休は適当にとり、誘われれば飲み会に行き、親しい友人はつくらない。ずっと、そうやってきた。

その人への恋は、誰にも言う必要のないものだった。その人自身にさえも。

公園でその人に会うのは、土曜日と日曜日である。ただ会って、ただ隣にいるだけの時間を過ごすようになって、もう三年がたつ。

鍵、どこのものなの。

一回だけ、聞いてみたことがある。

その人は、答えなかった。

その人の年齢が、六十五歳であることを、この前知った。わたしとちょうど三十歳ちがう。けれどそのことは、その人の顔をそらで思いうかべられないのと同じくらいの意味しかもたない。もしもその人が十八歳だったとしても、わたしにとっては何の変わりもないだろう。十八歳が、その人のような生きかたを選ぶかどうかはまた別の問題として。

答えるかわりに、その人はずだ袋の中から鍵を取り出した。にぶい銀色の、古びたかたちのものだった。

「思い出せないんだ」

その人は、静かに言った。

くれる？　聞くと、その人はうなずいた。

「前にやったダンベルは、使ってるのか」

「あんまり」

その人は笑った。珍しいこともあるものだと思った。その人の笑い顔は、まだ数回しか見たことがなかった。


その人が姿を消すことを、わたしはきっと知っていた。

おそらく、その人に恋をしたことを知ったのと、同じ時に。

神社の林の中にあったその人のすまいは、あとかたもなく消えていた。青いビニールシートが、わたしは好きだった。くずした後にふたたびきれいに組み立てられたダンボールも、補強に使っていたベニヤの板も、大好きだった。その人の座っていた、あるいは寝そべっていた地面のくぼみさえ、恋しかった。

その人への恋は、完全な恋だった。

公園へは、それからもずっと通った。砂場で遊ぶ子供の姿は次第に減り、母親たちのおしゃべりの声も聞こえなくなった。けれど少しすると、また新しい子供たちがあらわれ、中には父親も混じっていたりするようになった。

その人は、どこへ帰っていったのだろう。

その人が違う場所にいる姿を想像しても、わたしの中に嫉妬《しっと》や心の揺れがわきおこることはない。その人が誰と一緒にいても、同じだ。けれど、わたしの持っている鍵を使って、わたしの知らない扉を開けていることを想像する、その時だけは、わたしの心は熱く熱してふるえる。

その人の笑い顔を思い出せないことは、わたしを安心させる。そもそも、その人の顔じたいも思い出せないのだから。七番目の子供だったことだけは、ときどき思いうかべる。六人のきょうだいたちは、その人に似ているのだろうか。

その人への恋は、今も終わらないし、最後まで終わらない。恋って、いったい何だろう。わたしにはわからない。でも、わたしにとっての恋は、その人への恋そのものにほかならず、その人にもらった古さびた銀色の鍵は、本棚の二番目の棚に大事に置いてある。

その人がくれたダンベルを、わたしはこのごろ毎日のように使っている。今では上腕の筋肉が、ほんの少しだけみえる。心がぽっかりとからっぽになると、自分の上腕の筋肉をさわってみる。その人のようには柔らかくはなくて、やはり以前と同じく、固い。

大聖堂

リンゴン、リンゴン、と聞こえるのは、二号室の人の目覚ましの音だ。

あれはたぶん、ウェストミンスターの鐘の音である。

ここに引っ越してきてから、二ヶ月になる。

二号室の人の顔を、ぼくはまだ見たことがない。

かかっていた室内カーテンがさっと開けられると、そこには茶色いうさぎと、白黒ぶちの猫と、あと一匹、ぼくの知らない小さな動物がいた。

「選んでください」

不動産屋の女の子は言った。静かな声で。

「選ぶ？」

思わずぼくは聞き返した。大学に入学する直前の三月のことだった。仕送りをほとんど期待できなかったぼくは、学校に近くて、そしてともかく安い部屋を探していたのだ。

「家賃は格安、かわりに一匹だけ扶養義務を負う、というのがこのアパートの決まりなのです」

大学から二駅。商店街は充実。風呂《ふろ》あり。それで家賃は二万円。破格の物件だった。

ただし、条件があるのだと、不動産屋の女の子は言ったのだった。

「それが、この動物のうちのどれか一匹の扶養義務なんですか」

「はい。大家さんのご意向で」

「でも、ちゃんと飼えなかったらどうするんですか。途中で死んじゃったりしたら」

「自然死以外ですと、すぐさま契約を打ち切ることとなります」

「事故とかは」

「その時の状況によります。避けえない事故ならば、契約は打ち切られません」

不動産屋の女の子の鼻は、先っぽがとんがっていて、少し上を向いていた。ぼくの大好きな鼻のかたちだ。

「ほんとうに、二万円なんですね。共益費なしで。それから、敷金礼金が一ヶ月ぶんだっていうのも」

「はい」

なめらかに会話ははこばれていたけれど、ぼくの中のセンサーは、大きな音で鳴り響いていた。

この話は、怪しい。どう考えても、怪しい。

ぼくのセンサーは、あんがい当てになる。中学時代にいじめにあっていたからかもしれない。こいつには近づいちゃいけない。または、こいつとはほどほどに距離をおきながらつきあうべき。人間関係にかんする適正なタイミングと選別の機能をそなえたセンサーを、いつの間にかぼくは持つようになっていた。

けれど、結局ぼくは、その妙な条件つきのアパートを借りることとなる。なにしろ安かったからだ。あと、不動産屋の女の子の鼻のかたちも、ちょっとは関係していたかもしれない。

「借ります」

ぼくが答えると、不動産屋の女の子はにっこりと笑った。

「それでは、どの動物を選びますか」

ぼくは最初、猫を選ぼうと思っていた。いちばん手がかからなさそうだったし。だけど猫はきっと、外に出ていきたがる。不慮の事故にあう確率も高いんじゃないか？かといって、うさぎは、苦手だった。「さみしいと、うさぎは死んじゃうの。あたしも」というのが口癖の女にふられたことがあるのだ。しかたなく、ぼくは見知らぬ小さな動物を選ぶことにした。

「これをお選びになるとは、珍しい」

不動産屋の女の子は言った。

「この子、みんなに選んでもらえなくて、ずっと淋《さび》しそうだったんです。よかった」

両手ですくうようにその小動物をかかえあげ、女の子はぼくに渡してよこした。

「えさは、猫缶でだいじょうぶ。部屋の中で、いつも静かにしています」

おそるおそる、ぼくは受け取った。小動物は、ふるえていた。そのからだは、とても温かかった。

小動物は、四つ足だった。なめらかな白い毛が体表をおおい、大きさは猫とモルモットの間くらい。耳が立っていて、目はぱっちりと大きい。胴体は長っぽそくて、肉球はふかふかしている。鳴き声はほとんどたてず、日中は部屋の中でじっとしている。

オコジョとかテンとかに似ているような気もしたけれど、背中に一対の小さな羽根をたたんでいるのが、どう考えても妙だった。

ネットで検索しても、図書館に行って図鑑を見ても、小動物がいったい何という種類の動物なのか、どうしてもわからなかった。

最後にぼくは、意を決して不動産屋の女の子に電話した。

「あの、これは鳥なんですか」

「いいえ」

「でも、翼が」

「それは痕跡翼《こんせきよく》で、飛ぶことはできません」

「こんせきよく？」

「ヨクは、つばさのこと。コンセキは、跡、というふうな意味です」

つばさ。あと。ぼくはぼんやりと繰り返した。

「じゃあ、これは翼の跡なんですか？　それにしても、こんな動物、見たことも聞いたこともないんですが」

「育てるのは、大変ですか」

育てるのは、全然大変じゃなかった。むしろ、楽すぎて拍子抜けするくらいだった。

「いやまあそれは。でもほら、なんとなく落ちつかないじゃないですか、何を飼っているんだかわかっていないと」

「名前をおつけになったら、いかがですか」

女の子の息づかいが、かすかに聞こえた。なまえ。ぼくはまた繰り返した。そうです、名前です。女の子は答えた。静かな声で。

つばさ――見た目そのままで、いかにも芸がないような気はしたのだけれど――という名前を決めてしまうと、小動物は突然「つばさ」という感じのものになった。まるで生まれた時から「つばさ」だったかのように。

つばさは、ぼくによくなついた。

「来るか？」

と聞いて、かばんの口を開けると、つばさはためらいなくかばんの中にもぐりこむ。通学の電車の中でも、授業の間も、つばさはしんとしていた。息がつまっていないかと、たまにかばんを覗《のぞ》くと、大きな目をみひらいてぼくをじっと見返した。昼休みには、キャンパスの芝生につばさを出してやった。最初はじっとしていたが、じきに芝生を走りまわりはじめた。

アパートは、二階建てで、上下とも四部屋が並んでいる。

二階の四部屋は大家さんが使っていて、下の四部屋に店子《たなこ》が住む。

四つある部屋の主《あるじ》のうち、ぼくが会ったことがあるのは、端の部屋の中年の男だけだ。

「おれ、河合《かわい》です。四号室の」

引っ越してきて数日後に、声をかけられた。

「うちは、フェレットを飼っているんだけど、おたくは？」

「いや、あの、まあ」

まだつばさという名もつけていない頃だったので、しどろもどろに答えた。

「もしかして、あの羽根のあるやつ？」

河合さんは、好奇心まんまん、という顔で訊ねた。

「いや、あの、まあ」

ふたたび、しどろもどろ。

河合さんは肩をゆすって、笑った。それから片目をつぶり、

「がんばれよ」

と言った。

河合さんは、仕事から帰ってくると、いつもフェレットを散歩に連れてゆく。フェレットは、くねくねしながら、嬉《うれ》しそうに河合さんにまとわりついて歩く。

二号室と一号室の住人には、いまだに会ったことがない。でも、彼らの気配だけはいつも濃く感じる。

二号室は、ウェストミンスター。

一号室は、カーヴァー。

それぞれの、会ったことのない隣人たちに、ぼくはひそかに名前をつけた。

カーヴァーというのは、アメリカの小説家の名字である。アルコールをやたらたくさん飲む男だったということを、ついこの前の英文学の授業で習った。

瓶と缶のごみ収集日に一号室の出す酒瓶の量は、半端《はんぱ》ではない。一人で飲んだとはとうてい信じられないほどの大量のワインや日本酒や焼酎《しょうちゅう》の空き瓶、そしてビールの空き缶。でも、一号室は、いつもひっそりと静まりかえっている。

そういえば、このアパートの住人は、みんなひっそりとしている。どこかの部屋を人が訪ねてくる姿も、見たことがない。

ぼくと、同じだ。大学で、いつもぼくは一人だ。サークルにも入らず、空いた時間にはバイトばかりしている。アパートでも、いつも一人。

誰かと喋りたいな。

ときどきぼくは思う。それで、つばさに話しかけてみる。ウェストミンスターの目覚まし、いいかげんスヌーズ解除してほしいよな。今週のカーヴァーは、ことのほか焼酎を摂取したみたいだよ。

つばさは何も答えないけれど、かわりに痕跡翼をぱたぱた揺らしてくれる。

「うちにこない」と、河合さんに誘われた。

珍しくバイトのない日だった。反射的に断ろうとしたけれど、急に気が変わって、行くことにした。

河合さんの部屋は、散らかっていた。フェレットが好きそうな「片隅」が、たくさんあった。つまり、いろんなものがごたごた積み重なっていて、それらがすべてフェレットの「休みどころ」となっていたのである。

「落ちつくだろ」

河合さんはほがらかに言った。はあ。ぼくは小さく答えた。ぼくは、きれいに整理整頓《せいとん》された場所が好きである。

「羽根のあるやつ、元気?」

河合さんは聞いた。

「元気ですよ」

「連れてきたらよかったのに。こいつと仲良くなるぜ、きっと」

はあ。またぼくは答えた。つばさとフェレットが仲良くなるかどうかは、大いに疑問だと思った。

夜ふけまで、河合さんはぼくを引き止めた。河合さんは、ボクシングジムで働いているそうだ。

「おれがボクシングするわけじゃねえんだけど。親方と少し縁があって。金まわりのこと、してる」

「親方っていうんですか」

「うちはね」

河合さんは立ち上がり、シャドウボクシングを少しだけやってみせてくれた。

「ボクシングはしねえんだけど、ずっと見てるから、覚えた」

ぼくは、ボクシングは不得意である。なぐりあって血を流すようなことが、ぼくは嫌いなのだ。中学生のころいじめられたのも、そういう性格を見透かされたからだろう。

「そろそろ帰りますね」

ぼくは立ち上がろうとした。シャドウボクシングを続けていた河合さんは、

「まだいいじゃねえか」

と言って、ぼくの肩に手をかけようとした。ボクシングの身振りで勢いづいていたせいで、河合さんの手は予想よりも激しくぼくに当たった。頭をがん、となぐられた。

ぼくはしゃがみこんでしまった。

ごめんごめん、という河合さんの声が遠かった。

銀色の粒が、つむった目の中にいくつも浮かんだ。

「大丈夫です」

うずくまりながら答えると、河合さんはまた、ごめんごめん、と言った。フェレットが、ひざの上に乗っかってきた。めまいが引いたので、目を開けた。

河合さんの顔が、すぐ前にあった。うわっ、と言って、ぼくはのけぞった。人が間近に来ることも、ぼくは不得意なのだ。

フェレットが、手の甲をなめている。

「おかしいなあ、このフェレット、いつもはこんなに人に近づかねえんだけど」

フェレットを盾にして、ぼくはそろそろと、河合さんから遠ざかろうとした。どうしてこの部屋に来てしまったんだろう。後悔していた。

「もすこし休んで行きなよ」

河合さんは言った。そのまま、小さな玄関へと後じさろうとしているぼくのうしろにまわり、檻《おり》をつくるように立ちはだかった。

河合さんと目があわないように、きょろきょろとまわりを見回すと、本棚に並べてある、『失敗しない株』『大聖堂』という二冊の本の題名が目に入った。また、銀色のちかちかが、視界にいくつもあらわれた。

結局ぼくは、河合さんの部屋で夜明かしした。

貧血がおさまった後に、河合さんが出してきた「とっておきの安ワイン」を二人で飲みはじめてしまったからだ。

ぼくたちは、あまり話もせず、けれどしんと静まりかえることもなく、ゆっくりと「とっておきの安ワイン」を二本あけた。飲んでいるうちに、散らかっている部屋が苦手なことや、ボクシングが嫌いなことは、いつの間にかうすれていった。

「一号室の住人、見たことありますか」

河合さんは、首をふった。

「見たこと、ねえよ。でもあの酒の量、すごいよな」

「飼っていた動物が死んじゃって契約を打ち切られた人って、いるんですか」

「おまえの前に住んでたばあさんが、まちがってハムスターを踏みやがって」

「うわ」

二号室のウェストミンスターは、三十代くらいの男だそうだ。ずっと家にこもって仕事をしていて、めったに外に出ないのは、

「マンガ家とか？」

河合さんは、推測してみせた。ウェストミンスターが飼っているのは、亀《かめ》。

「不動産屋の女の子、かわいいですよね」

「おれの時は、中年の男だったぜ」

夜が明けて、ぼくは河合さんの部屋を出た。河合さんも、一緒に出てきた。

アパートのごみ捨て場のところに、人影があった。

「あっ」「あっ」

河合さんとぼくは、同時に声を出した。一号室の「カーヴァー」らしき人が、大量の瓶と缶をごみ捨て場に並べていた。その人は女の人で、たぶん二十代くらいで、とてもきれいな人だった。

「おはようございます」

カーヴァーはそう言って、ぴょこんと頭を下げた。

河合さんとは、それからもちょくちょく酒を飲んでいる。

ぼくの部屋に来る時には、河合さんはものすごく落ちつかなさそうにする。

「やたらすっきりしてるな、この部屋」

そう言って、所在なさそうにつばさの首すじを撫《な》でる。つばさは、しばらく撫でられてから、するっと逃げる。

不動産屋の女の子のメールアドレス聞きだしなよ、と、河合さんは言う。そんなことができるくらいなら、とっくにしていますよ。そう答えたら、河合さんはせせら笑った。

もしも大学で会っていたなら、河合さんとは絶対に友だちになっていなかったろう。

でも、こうやって河合さんとぼくは、しょっちゅうばかみたいな話をしては酒を飲んでいる。

そういえば、ぼくは思いきって河合さんに聞いてみたのだ。

『大聖堂』、好きなんですか」

『大聖堂』は、一号室の「カーヴァー」ならぬほんものの小説家カーヴァーの、有名な短篇集なのだ。けれど河合さんの答えは、拍子抜けするものだった。

「知らねえ、ひろった本だから」

「ええっ、読んでないんですか」

「ああ。めんどくせえ」

それより、不動産屋の女と、わたりつけたのかよ。河合さんはしつこく聞く。どっちでも、いいでしょ。河合さんから顔をそむけながら、ぼくは言い返す。

「読まないんなら、『大聖堂』、ぼくに下さい」

「いやだね」

「どうして」

「飾っとくと女にもてそうだから」

一号室のカーヴァーは、今週も、焼酎を大量摂取したもようである。ああ、自分の部屋に早く帰りたい。そう思いながらも、なぜだかぼくは、立ち上がれないのだ。フエレットとつばさは、仲良くあたりを走りまわっている。リンゴン、リンゴン、というウェストミンスターの音が、遠くから、また繰り返し聞こえてきた。

ずっと雨が降っていたような気がしたけれど

　とろりとした、繊細なブラウスだった。店先で、そこだけにスポットライトが当たっているように見えた。

　欲しい、と思った。

　でも、その日は、見るだけにしておいた。迷う時間は、好きだった。迷えば迷うほど、手に入れた時の快楽は高まるんだよ。そう教えてくれたのは、慶太《けいた》である。

　買ったのは、半月後だった。

　ください。はい、そのベージュの。いえ、一枚じゃなく、二枚。ええ。サイズも色も、同じのを。

　プレゼントじゃ、ありません。自宅用です。

不審そうな顔をするかな、と思ったけれど、店員は何ごともなかったような顔で、同じブラウス二枚をていねいに包んだ。

同じものを、二つ。

それがあたしのいつもの買い物のしかただ。

以前は、きょとんとしたり、なんで？　という顔をしたりする店員も多かったけれど、このごろはそういうことも少なくなった。同じブラウスを二枚買おうが、同じピアスを二組買おうが、たいがいの店員は無表情である。

ありがとう、と言うと、店員はにっこりと笑い、ありがとうございました、と返した。店を出てしばらくしてから振り向くと、店員はまだこちらを見ていた。軽く頭を下げると、あわてて下げ返した。なんで？　という表情が、無表情のすきまから、もれていた。

自分の部屋によその人を入れたことは、ない。

慶太だけが、ごくたまに、来る。

「静香《しずか》、まだそれ、続けてるの」

慶太は毎回言うけれど、それ以上は言葉を重ねない。

あたしは慶太のために、コーヒーを淹《い》れる。酸味の強いのが、慶太の好みだ。自分用の白いマグには、あたためたミルクをたっぷりと、そして慶太にはふつうのコーヒーカップで、ストレートを。

「そのマグも、二つあるの？」

慶太が聞くので、戸棚をあけて、まだ開封していない箱を見せた。「白マグカップ」とふたの上に印刷された、厚ぼったい紙箱。

「おれが飲んでるこのカップも、もちろん予備があるんだよね？」

無言で、あたしはまた戸棚から紙箱を取り出す。カップと、そしてソーサーの入った、マグのよりも大きめの白い箱。

本のコレクターは、同じものを三冊買うと聞いたことがある。

一つは、実際に手に持って読むためのもの。

もう一つは、本棚に並べておくためのもの。

そしてもう一つは、奥深くしまっておくためのもの。

あたしはコレクターではない。だから、買うのは、二つ。

一つは、実際に使うためのもの。

そしてもう一つは、喪失にそなえるためのものである。

慶太は、兄だ。

ほんとうはもう一人、あたしと慶太の上に「草太《そうた》」という兄がいたのだけれど、二歳で亡《な》くなった。

慶太が生まれたのは草太が死んでから十年後で、あたしはその次の年に生まれた。

父も母も、それはそれは大切に慶太を育てた。もう子どもには恵まれないと思いこんでいた時に授かった男の子だったから。

草太の生まれかわり、と、慶太はしばしば言われた。

「だって、そっくりなのよ」

母はいつも言い言いした。

そりゃあ、草太が死んだ二歳までならば、慶太と草太とが似ているかどうかはわかったろうけれど、小学校、そして中学高校と育っていってからも、母は「慶太は草太にそっくり」と言いつづけた。

宝もののように扱われる慶太にくらべ、あたしの育てられかたは、ひとことで言うなら、「二の次」だった。

たぶん、両親は疲れてしまったのだ。慶太を大切にすることに。ただでさえ年子《としご》を育てるのは大変だ。そのうえ、そもそも草太は両親がさほど若いころの子どもではなかった。それからさらに年月がたって生まれた年子の、慶太とあたし。無理もないと思う。

慶太は、あたしの防波堤だった。

二の次であることは、決して喜ばしいことではなかったけれど、悪いことばかりでもない。

あたしは、ひそやかに好き勝手をした。といっても、さしたることをしてきたわけではない。ちょっとだけ、悪いことをしてみたり。ちょっとだけ、いろんなことをさぼってみたり。

楽しい？

というのが、慶太の口ぐせだ。

両親を楽しくさせるのが、慶太の習い性《しょう》となっているのだ。ひいては、慶太のまわりのどの人をも。

慶太は、女の子だけでなく、男の子にも好かれる。誰もが慶太に何かを言ってほしくて、慶太のまわりに集まる。

慶太が一人で行動するのは、もしかするとあたしのところに来る時だけかもしれない。

いつだって、慶太は人に囲まれていて、そして、ほんの少しだけ、苦しそうにみえる。

「ブラウス、破いてやるよ」

慶太は優しく言い、あたしが買ったばかりのブラウスにはさみを入れた。

うん、と、ううん、の中間のような声を、あたしはたてる。

しゃ、しゃ、という涼しい音をたてて、はさみはすべっていった。片袖《かたそで》がなくなり、もう片方の袖がなくなり、襟、小さな胸ポケット、前みごろと、次々にブラウスはばらばらになってゆく。慶太の手さばきは、なめらかだ。

「はい」

もとはブラウスだった、そして今はいくつかの大きな端《は》ぎれであるものを、慶太はていねいに重ねてあたしに渡した。

「もうやめなよ、こういうの」

慶太はほほえみながら、あたしの顔をのぞきこんだ。

「約束、できる？」

あたしはうつむく。二つ持っていて、どうなるの。いつかは全部、なくなっちゃうんだから、どうせ。

「無駄でしょう。どうせ」

涙が、鼻の中をつたって落ちてゆくのがわかる。悲しくて泣いているのではない。かといって、むろん嬉しいのでもない。

「約束、できない」

あたしは言う。かたくなに。

慶太は肩をすくめた。それから、コーヒーのカップに手をのばした。

「静香のコーヒーは、うまいな」

マグやコーヒーカップのスペアを慶太が割らないのは、破片が飛び散って危ないからだ。あたしはいつだって、掃除し残したかけらで、足の裏を切ってたくさん血を流してしまう。

「約束、しなよ」

慶太は繰り返した。愉快そうに。

二度、男のひととつきあったことがある。

どの時も、長く続かなかった。

恐《こわ》かったのだ。

「なにそれ」

と、慶太は非難したけれど。

どうして好きな男のスペアをつくることはできないんだろう。つきあっている間じゅう、あたしは思っていた。

「もっとこっちを見て」

どちらの男のひとも、あたしに言った。

そんなに、あたしは恋人の方を見ていなかったのだろうか。そうかもしれない。見つめて見つめて、そしてそのひとにすっかり捕らわれてしまったあとで、そのひとを喪失してしまったら、いったいどうしたらいいのか。

去る時は、二人ともとても静かだった。さよなら、という二人の声を、今もよく覚えている。そして、二人が去ってしまったあとの、空虚だけれど平穏なあの気持ちも。

しばらくの間、欲しいものはあらわれなかった。

あたしは会社と自分の部屋を規則的に行き来した。ときどき女の子の友だちと食事をした。ショッピングにつきあう時には、アドバイス役に徹した。静香に似合うんじゃない？　と言われても、ゆっくりと首を横にふって、ただほほえんでいた。

そして、唐突に欲しいものはあらわれた。

光月《みつき》。

見つけたのは、家のすぐそばの空き地だった。何かがある、と思って近づいていったら、光月が倒れていたのだ。

「自転車で、転んじゃって」

額から血を流しながら、光月は肩をすくめた。すぐ横に、ひしゃげた自転車がころがっていた。どうやったらこんなにひどく壊れるのかというようなひしゃげかただった。

「俺、動きが激しいんだ」

光月は笑った。救急車を呼び、一緒に待っている間に、光月は一回気絶した。数分で目を覚まし、また笑った。へんな男のひとだと思った。そう思ったころには、すっかり光月のとりことなっていた。

光月は、神出鬼没だ。すぐ近くのアパートに住んでいて、仕事は便利屋。大学時代の友だちと二人で起業したのだという。

「俺が副社長で、友だちが社長」

普通の便利屋の仕事のほかに、少し「危ない」仕事も引き受けると聞いた時には、どきどきした。

「運び屋とか、するの？」

聞いてみた。

「まあ、いろんなもの運ぶけど、法律に反することは、いちおうしない」

光月と会うには、アパートまで行かなければならない。携帯電話の番号を、光月は教えてくれないのだ。仕事中に携帯が鳴ると困ることが多いと、光月は言う。

「珍しいね、今どき」

「そう。珍しいの」

「珍しいの、好き？」

「うん。世界に二人といない珍しい男に、なりたいんだ俺」

光月は言って笑う。なんだかばかな男だと、あたしは思う。でも、そのばかさ加減を、あたしは好きになってしまったのだった。

慶太に話したら、ふうん、と言われた。

「今度の男は、恐くないの？　はさみで、ばらばらにしなくていい？」

慶太は聞いた。

「そんなこと、今までにお願いしたことなかったでしょ。だいいち、つかまっちゃうじゃない」

「静香のためなら、つかまってやっても、いい」

「みんな、がっかりするよ」

「かまわない。おれ、退屈してるから」

慶太のスーツ姿はすてきだった。光月にくらべると、格段に出来のいい男、という感じがする。

「そいつに、会わせてよ」

あたしはあいまいにうなずいた。なんとなく、会わせたくなかった。こんなことは初めてのことだ。

コーヒーを二杯飲んで、慶太は帰っていった。慶太は今も、実家に住んでいる。

光月がいなくなったら。

あたしは想像してみる。

不思議なことに、光月がいなくなった世界を思いうかべることは、できなかった。

「ねえ、自分に似た男って、今までに見たことある？」

あたしは聞いてみる。

「俺に似た男？　いるわけないじゃん」

光月は答え、あたしを抱き寄せた。

「どうしてあたしと一緒にいるの」

「いたいから」

「じゃ、いたくなくなったら、どうするの？」

「知らねえよ、そんな先のこと」

そんな先、という言葉に、あたしは嬉しくなる。そんな先。そのころまでに、きっと世界なんて滅びている。生まれて初めて、あたしはスペアのことを考えることをやめた。

そのスケッチブックを、慶太は会社帰りにあたしの部屋に寄り、ひょいと渡してきた。

「なあに？」

「やる」

それだけ言って、慶太は急いで帰っていった。

一人になった部屋でスケッチブックを開いた。どのページにも、二人の男の子が描かれていた。

少年時代の絵もあれば、すっかり大人になった二人の絵もあった。制服を着て並んで歩いている絵、風に吹かれて湖のほとりにたたずむ絵、汗びっしょりで一緒に走っている絵、そして向かいあってコーヒーを飲んでいる絵。

一人は慶太で、もう一人は慶太にそっくりだけれど、ほんの少し違う男の子である。

「草太」

あたしはつぶやいた。

慶太の携帯の番号を、あたしは押した。

「これ、いつから描いてたの」

「ずっと前から。何冊も、ある。それはけっこううまく描けたやつ」

「どうして」

「おれも、スペアがないと、恐いのかも」

ぷっ、という音がして携帯が切れた。

慶太を追わなきゃ。あたしは立ち上がった。靴をはき、ものすごい勢いで走りだした。

慶太は夜の川を見ていた。

「飛びこむの」

聞いたら、ふん、という顔をした。

「なんでそんなことしなきゃならない」

「だって」

あたしは知らない間に、スケッチブックを持ってきていた。

「よく描けてるね」

そう言いながら、あたしはページをめくった。砂場で遊んでいる二人の少年の絵があらわれた。一人は慶太で、もう一人は草太のはずだったけれど、なぜだか草太らしき男の子の顔は、光月に少し似ていた。

「これ、草太？」

「うん。たぶん。でもほんとはよく、わからない」

「ねえ、光月に会ってよ。きっと気が合うよ」

慶太は、しばらくあたしの顔をじっと見ていた。それから口をゆがめ、

「やだ」

と言った。慶太が本当はこういう男だったって、みんなが思っているような完全無欠なんかじゃない男だって、あたしは知っていた気がした。

「スーツ、いつも似合ってるね」

「ばかやろう」

慶太はまた川を見た。はさみを鞄《かばん》から取り出し、いったんは川に放ろうとしたけれどやめて、かわりに刃先をあたしに向けた。

「殺す？」

「殺さない。もう静香のために刑務所に入ってやる気には、ならない」

「慶太も恋人つくりなよ」

慶太はもう一度、刃先をあたしに向けた。少しだけ、あたしのむきだしの腕を刺した。血は出なかった。と思ったら、しばらくしてから小さな丸い粒のような血が盛り

上がってきた。

「生きてるよ、あたし」

あたしと慶太は、並んで座った。慶太の手をにぎってみる。あたたかかった。いつか光月が去ったら、また再び慶太にブラウスやスカートを刻んでもらうのかしらと思った。

慶太はちらりとあたしの顔を見て、それから寒そうに自分の体を自分の両腕で抱いた。川風が冷たい。

「欲しいものは、なに？」

あたしが聞くと、慶太は惚《ほう》けたような顔で、しばらくじっとしていた。それから、ぽつりとひとこと、

「快楽」

とつぶやき、少しだけ顔をしかめた。

二人でお茶を

「今日のあたくしの服、ちょっと痛い、って言われたの。それって、どういう意味？」

トーコさんが不思議がっている。

「それはたぶん、痛い、じゃなくて、イタい、じゃないのかなあ」

「どう違うのかしら」

「うーん」

トーコさんは、ちょっとだけ、外国人だ。いや、実際には日本人なのだけれど、外国暮らしが長かった――五歳から四十歳までを、さまざまな国で過ごしてきた――ので、日本人のメンタリティーがどうにも理解できないらしい。すでに日本に帰ってきてから三年はたっているのだけれど、「出る杭《くい》は打たれる」とか、「人の顔色をよむ」

とか、「先頭にたたない」といった、日本人ならば誰でも一応は知っている「その場の儀礼」が、どうやってもうまく把握できていないふしがある。それらの「その場の儀礼」を身にまとって鎧《よろい》としているわたしとは、正反対のタイプなのである。

「あたくしは別に痛くないです、って言ったら、失笑されたのよ、失笑」

わたしはトーコさんの全身を、さりげなく一瞥《いちべつ》する。

黒いニットのミニワンピースに、タイツ、それにショートブーツをあわせている。ミニの丈――ひざうえ十五センチほど――に、少しだけ無理があるかもしれないけれど、取り合わせとしては決して「イタい」服装ではない。もしもトーコさんのはいているタイツが、ま緑色（正真正銘、雨ガエルの色）で、そのうえびっしりとムーミントロール模様がプリントされているのでなければ。

「あのね、イタいっていうのは、なんかこう、年齢にしては無理してるとか、性格に逆らって背伸びしてるとか、そういう意味だと思うよ」

「あたくしは、まったく無理や背伸びなんてしてないつもりよ」

それはまあ、そうだろう。トーコさんがこういう、年齢にあわない――というか、どんな年齢にこのタイツが似合うのか、すでに不明なのだけれど――服を着ているのは、確実に、トーコさんがその服を着たいからに他ならないということを、少なくともわたしはよく知っている。

「わからないわ、日本の人って」

トーコさんはため息をついた。

トーコさんは、お金持ちだ。

「だってあたくし、働き者だもの」

当然、という顔で、トーコさんは言う。

「だから、そういうもの言いは、だめだから」

注意すると、トーコさんは首をかしげる。心から不思議でたまらない、という顔で。

「お金持ちなのを隠しておかなきゃならないのは、わかるわ。危険ですものね。でも、働き者だっていうことを隠さなきゃならないのは、なぜ？」

それは、と説明しかけて、わたしは言葉につまる。トーコさんは、にこやかに椅子《いす》に腰かけ、きれいに足を組んでいる。正座をしたことのない、つるつるでしなやかなひざこぞう。

トーコさんは、わたしの同い年の従姉妹《いとこ》だ。トーコさんのお父さんとわたしの母が兄妹《きょうだい》で、一年に一回、外国から日本に帰ってくるトーコさん一家は、我が家に泊まりにくるのをならいとしていた。

「ビザやら何やらいうもののためもあるけど、トーコちゃんが日本のことを忘れないように、なのよね」

いつも母は言っていた。

トーコさん一家が帰ってくるのは、たいがいお正月だった。五段重に詰めた手づくりのおせち料理。門の両側にしつらえた門松。大きな鏡餅《かがみもち》。玄関のしめ飾りと、各部屋にさげたユズリハの小さなお飾り。父とトーコさんのお父さんが二人そろって年頭のあいさつをし、お屠蘇《とそ》をみんなで飲む。カルタとりも、福笑いも、羽根つきもある、由緒《ゆいしょ》正しいお正月を、我が家はトーコさん一家のために、ずっととりおこなっていたのだ。

父母とわたしの三人だけだったら、おそらくあんなにきちんとした「日本のお正月用意」など、しなかったに違いない。その証拠に、トーコさんが成人して、一家がそろって日本に帰ってくることがなくなったとたんに、食卓には市販のおせち料理のお重が並ぶようになり、それまではきちんと着物を身につけていた元日も、適当なよれよれした去年からの部屋着で過ごすようになった。

トーコさんが知っている「日本」は、わたしたち一家によって演じられた、「日本ごっこ」の日本だったのだ。その中でトーコさんは、「外国からやってきた半分外国人の女の子」としてののびのびふるまい、日本の因循《いんじゅん》なひと並び社会の仕組みを学ぶことは、決してなかったのである。

トーコさんとわたしは、一緒に暮らしている。二人とも一回結婚をしたけれど、離婚した。トーコさんはＩＴ関係の会社の副社長だ。いっぽうのわたしは、父母の残してくれたアパートの収入によって生きている。だんだんに古びてくるアパートは、借り手も少なくなりつつあり、生活は決して楽ではない。

それでも、トーコさんが父母の残してくれたこの家に共に住むようになってからは、日々は少しだけ軽くなった。それはちょうど、白黒の画面に、ぽつりぽつりと色彩が混じるようになった感じに似ていた。

「ミワちゃんは、男の人が嫌いなの？」

時々、トーコさんは聞く。トーコさんには、たくさんの男友だちがいる。

「でも、ボーイフレンドは、いないの」

トーコさんは、さばさばと言う。英語圏では、ボーイフレンドが、ただの男友だちという意味ではなく、恋人をさす言葉なのだということを、わたしは知らなかった。トーコさんが日本のことを知らないのと、同じことだ。

わたしは、料理をする。それから、掃除も。庭木の手入れをし、洗濯を物干し台にはためかせる。

トーコさんは、会社で仕事をする。帰ってきてわたしが作った食事を食べて、「おいしいわ」とほめる。掃除と洗濯については、あまり何も言わないけれど、かわりに毎月お金をいれてくれる。

「だって、ハウスキーピングは、立派な仕事よ。それに、家賃のぶんも、当然」

トーコさんがお金持ちだと、言ったろうか。そうだ。トーコさんがこの家に来てから、わたしはズワイガニやアワビや短角牛のステーキなどを料理するようになった。トーコさんが、ネットで注文するのだ。もちろん、いつもではない。ふだんは、ひじきだの、切り干し大根だの、野菜の煮つけだの、煮魚だのという、ごくつましいものばかりだ。

「健康よね、ミワちゃんの作るものは。うれしい。でも、ちょっと茶色っぽすぎて、くさくさすることがあるわ」

トーコさんは言う。くさくさする、なんていう古っぽい日本語と、その直截《ちょくせつ》な文句の言いようの同居が、トーコさんというものである。

トーコさんとは、時おり喧嘩《けんか》をする。

この前の喧嘩のたねは、テレビドラマだった。

「なぜ、あの男の子は、恋人である女の子の欠点を指摘しないの」

真面目《まじめ》な顔で、トーコさんは聞いた。恋人どうしの、女の子の方が、なにかとわがまま（コケティッシュ、という言いかたもできる）にふるまうタイプに設定されているドラマだった。男の子は、女の子を幸福にするために、さまざまに心を砕くが、なかなか報われない。

「優しいからじゃないの？」

答えると、トーコさんは突然怒りだした。

「ちがうわよ、むしろ不親切なんだと、あたくしは思うわ。あんな性格の女、社会では通用しないに決まってるでしょ。そこのところを、ちゃんと教えてあげなきゃ。それにだいいち、女をただ甘やかして支配下に置こうとするのって、結局は女性蔑視《べっし》じゃあないこと？」

たかがドラマなんだから、どうでもいいじゃあないこと？と、昔の日本の女ことばをそのまま保存しているトーコさんの喋《しゃべ》りかたを内心で真似《まね》しながら、わたしは思ったけれど、口に出しては言わなかった。

トーコさんは、わたしの無言を、拒否と受け取った。

その後は、めちゃくちゃである。男女の関係がいかにあるべきかから始まって、フェミニズムの歴史が滔々《とうとう》と語られ、しまいにはなぜだか、人類がなにゆえ戦争を引き起こす生物なのかという問題にまで話はつながり、トーコさんとわたしは（というか、主にトーコさんが、だけれど）、侃々諤々《かんかんがくがく》唾《つば》をとばして意見を開陳しあい、ようするに不毛な言い合いを、三時間ほども続けたのであった。

「それは、犬もくわない、っていうやつじゃあないのかしらって、言われたわ」

トーコさんが言う。

「なんのこと？」

「あたくしと、ミワちゃんの喧嘩」

「犬もくわないっていうのは、恋人どうしや夫婦に使う言葉よ」

「でも、日本語が母語の男がそう言っていたのよ」

トーコさんは、このごろボーイフレンドができそうなのだという。

「できそう?」

「ええ。なんだか、優柔不断な人だから、ボーイフレンドにはならないかもしれないんだけれど」

優柔不断は、理解してあげるの? 弾劾《だんがい》しないの? と聞くと、トーコさんは首を横にふった。しないわ。だって、優柔不断は万国共通ですもの。

最終的に、その「優柔不断」は、トーコさんのボーイフレンドとなったようだった。

「もしかしたら、結婚するかもしれない」

トーコさんは告白した。

胸が、ちくく、と痛んだ。それが、トーコさんがいなくなることによって、上等なオリーブオイルや汁けたっぷりの白桃や冷凍ものではない本マグロのサクが手に入らなくなることによるものなのか、それとも淋《さび》しさによるものなのかは、自分でもよくわからなかった。

トーコさんは、結婚した。

結婚式は優雅だった。とびきりおいしいレストランで、トーコさんと「優柔不断」の大切な友だちだけを呼び——二人とも両親は亡くなっていたし、兄弟姉妹もいなかった——夜更《よふ》けまでさまざまな珍味佳肴《かこう》を楽しんだ。夜は近くのホテルにすべての招待客のための部屋がとられており、終電を気にする必要はなかった。

（ああ、トーコさんて、ほんとうにお金持ちなんだな）

あらためて、思った。

トーコさんの相手の「優柔不断」は、あまりお金持ちではなさそうだったけれど、かわりに、トーコさんの言葉を借りるなら、

「男には珍しい、女の収入の多寡《たか》を気にしない人」

であるらしかった。

外国には、そういう男は多いんじゃないの？　と聞いたら、トーコさんはしばらく考えてから、首を横にふった。

「フェミニストに見えても、男はしょせんいらないプライドを保持したがる生きものなのよ。女の方がたくさん稼いでると、最初は平気なふりしてても、結局おしひしがれてしまうのよ。これも、万国共通」

トーコさんの最初の結婚は、どうやら「保持されなければならない男のプライド」によって失敗したらしい。わたしの結婚は、どうだったのだろう。

わたしの別れた夫は、ごく普通の人だった。平日には会社に通い、休日にはパチン

コや競馬や釣りに行った。結婚したばかりの頃は優しかったけれど、だんだんに口をきくことが少なくなった。しまいに、別れたいと言われた。

　トーコさんのことが、時々うらやましくなる。それは、トーコさんが有能で働きのある人間だから、とか、たくさんの友だちがいるから、という理由ではない。そうではなく、トーコさんが、過去の失敗にこだわらず常に前に進んでゆけるだけのゆるぎない自信を、じゅうぶんに持っているからである。

　そして、トーコさんは離婚をした。

「こういうのを、マル二って言うんでしょう」

「バツ二」

訂正したら、トーコさんは顔をしかめた。

「男のプライド、おそるべしよ」

大きなスーツケースをひいて帰ってきたトーコさんが、開口一番、口にした言葉だ。

トーコさんは、またあのカエル色の緑のタイツをはいていた。

「いらないプライドをふりかざすうえに、このタイツのことも、文句言うのよ」

タイツねえ。わたしは肩をすくめる。わたしがトーコさんの夫だったとしても、このタイツについては、疑問を呈するのではないだろうか。

まあ、とにかく一服して。そう言いながら、わたしは熱い紅茶を淹れた。紅茶を飲みながら、トーコさんはたくさんため息をついた。その後に、「優柔不断」のだめだった点を、滔々と百八つほど述べた。

「この緑色のムーミンタイツ、わざわざオーダーしたものなのに」

最後はまた、タイツの話になった。

「オーダー」

びっくりして、わたしはおうむ返しにする。

「そうよ、だって」

「だって?」

「ミワちゃん、大好きでしょう、ムーミンが」

えっ、と、わたしは息をのんだ。なぜここにわたしの名前が。

「一緒に住んでいる人が好きなものを、大事にしたいの、あたくし」

はあっ、とわたしはため息をついた。トーコさんがさっきついたため息と同じくらいの深いものを。

トーコさんは、やっぱりずれていると思った。どう考えても、ポイントが間違っている。そりゃあわたしは、ムーミンの物語が大好きだ。けれど、その中で好きなのは、ムーミンではないのだ。ミイなのである。

「どっちにしても、二人とも何かが間違ってるって、言われたわ」

トーコさんがほがらかに報告する。間違っている、というのは、ムーミンとミイ問題についてであるらしい。

トーコさんには、新しいボーイフレンドができたのだ。そのボーイフレンドの言葉を、トーコさんはわたしに伝えているのである。

「それから、ミワちゃんとあたくしは、そりゃあもう、血がつながっているだけあって、そっくりだね、って」

まさか、と心の中でわたしは思う。こんなに正反対のわたしとトーコさんが、どうしてそっくりなのだろう。

ふたたびトーコさんが戻ってきた家は、なんだか暖かくなった。暖房費をケチらずに使っているからかもしれないし、それとはまた違う理由が他にもあるのかもしれない。

トーコさんのことを、わたしは好きなんだろうかと、時おり考える。

少なくとも、嫌いではない。それは、とても大事なことだ。それから、トーコさんがお金持ちなことも、わたしはいやじゃない。それもたぶん、大事なことだ。

わたしは料理を作る。洗濯と掃除をする。おいしい紅茶を淹れる。トーコさんは働く。ネットで世界の珍味佳肴を注文する。そして、わたしの淹れた紅茶をおいしそうに飲む。

今度のボーイフレンドとは、トーコさんはなるべく結婚しないように、気をつけるそうだ。

「気をつけないと、結婚しちゃうものなの？」

「そうよ。結婚って、なんだか、いいじゃないの」

やっぱりトーコさんとわたしは、全然ちがう。それでもトーコさんがいるからこの家は一人の時よりも暖かいわけだし、来週には、トーコさんが注文した生のフォアグラが、空輪で届く予定となっている。

「ねえ、トーコさんは、わたしのこと、好き？」

聞いてみる。

「嫌いじゃないわ」

トーコさんはすらりと答えた。あいかわらずの外国人ぶりに苦笑しかけたけれど、

さっき自分だって、

(トーコさんのことは、嫌いじゃない)

と、おんなじことを考えていたことを思い出した。

「ねえ、ミイのタイツは、ないの?」

妙な質問を突然した自分をごまかすように、かさねて聞いた。

「ないわ。欲しいの?」

「あったら、おそろいではけるじゃない」

「それ、イタいわよ」

「ようやく日本語がわかってきたのね、トーコさんも」

「いや、ミワちゃんには似合わないっていう意味」

憮然《ぶぜん》としたけれど、トーコさんだから、まあ、仕方がないのである。

銀座 午後二時 歌舞伎座《かぶきざ》あたり

どうしてわたしは今、こんなところにいるんだろう。
途方に暮れて、少し向こうの方にあるまっかな鳥居を眺める。
ここは、銀座のビルの、屋上である。
風が強い。
わたしのすぐ後ろには、男が一人いる。
帽子を目深《まぶか》にかぶり、ポケットに手をつっこんでいる。
わたしは男の名前を知らない。
男も、わたしの名前を知らない。
わたしたちはこれから、一人の人間の命を救いにゆくのである。

そもそもの始まりは、男とぶつかったことだった。

春も近いというのに、やたらに風の強い日で、歌舞伎座近くの道をゆく人たちは、いちように顔をうつむけて歩いていた。

あっ、と思った時には、男の顔が、思いがけず近くにせまってきていた。男も、わたしも、互いに下を向いていたので、正面からくる気配を感じて同時に顔をあげた時には、もう避けようがなかったのだ。

体と体が、ぶつからんばかりになった。

あわてて、横によけようとした。

ところが、男も同じ方向に、身をよけたのだ。

よけた勢いで、さらに激しくぶつかりそうになった。

覚悟をきめて、目をつぶった。わたしは女にしては背が高い。たぶん、顔と顔がぶつかる。男の胸にぶつかるなら、まだいいのに……。一瞬のうちに、思った。

けれど、そうはならなかった。

気がつくと、男の姿がなかった。

見回すと、男は一メートルほども離れた、わたしの後方にしゃがんでいた。

「飛んだ？」

という声が、聞こえてくる。

「飛んだよ、あの人」

カップルがひそひそ言い合いながら、ゆき過ぎて行く。

視界の隅をよぎっていったものがあると思ったのは、ぶつかる瞬間に男が斜め前方へとっさに飛んだ姿の軌跡だったのだ。

驚いて、男に駆け寄った。

男は、すっと立ち上がった。そして、こちらをじっと見た。

「ど、どうも」

何と言っていいかわからず、頭を下げた。

「今、飛びましたよね？」

聞くと、男はうなずいた。それから、静かに顔をそむけた。

そのまま男は、立ち去ろうとした。わたしが、「それ」を見つけて声をたてるまでは。

最初は、人間型のキャラクターのぬいぐるみか何かが落ちているのだと思った。人とは、思わなかった。

けれどよくよく見てみると、「それ」は人間そっくりのものだった。

人間ではないと思ったのは、「それ」がとても小さいからだった。体長は、たぶん十五センチくらい。髪はうす茶色で、白いシャツにジーンズをはいている。まぶたを閉じているので瞳《ひとみ》の色はわからない。

地面に、「それ」は横たわっていた。

「何でしょう、これ」

男は、首をかしげた。

その時は、まだ「それ」が生きているなんて思っていなかったから、わたしはごく無造作に触れてみたのだ。

ぴく、と、右腕が動いた。

男とわたしの口から、同時に驚きの声がもれた。

今度は男が、「それ」に触れてみる。

ぴく、と、「それ」の胸のあたりが上下した。

男とわたしは、顔を見合わせた。

こういう妙なことは、人生に、ときおりある。もちろん、ほんの、ときおりだけれど。

その時に、素知らぬふりをしてすぐに逃げてしまうか、それともつい関わりあいになってしまうか。二通りに、人は分かれる。

目深にかぶった帽子の下の男の目は、思いなしか、輝いていた。

（この男、当たりだ）

何が当たりなのか、わからないままに、思っていた。

男の行動は、素早かった。

その小さな人間らしきものを、そっとてのひらで包むようにして持ち上げ、息をしているかどうか確かめた。それから、胸のあたりに耳をつけ、鼓動を聞いた。

男は、小さくうなずいた。そして、自分のマフラーを首から抜きとり、小さな人をくるんだ。

男はすぐさま歩きだした。わたしは後を追った。少し行ったところにあるビルに、男はためらいなく入っていった。

そのままエレベーターに乗り、男は五階のボタンを押した。

「あの、どこに……」

男は答えなかった。かわりに、小さな人の蒼白《そうはく》な顔を、じっと覗《のぞ》きこんだ。

重そうな扉を、男は片手で開けた。そのまま肩で扉を押さえ、部屋に入るようわたしを差し招いた。

中は、暖房がよく効いていたが、荒れていた。デスクが一つだけぽつんとあり、上に小さいダンベルが置かれている。部屋の隅には黴《かび》のはえたような古い革張りのソファーセットがあり、床に、カーキ色のきたない布の大きな袋が放り出されていた。くすんだ部屋の中で、ダンベルの銀色だけが、真新しい輝きをはなっていた。

男はまっすぐデスクまで歩いてゆき、小さな人を横たえた。

気を呑《の》まれて見ていると、男は小さな人の服を脱がせはじめた。

男の指は太くてごつごつしていた。無骨なその指で、男は思いがけないくらい器用に小さな人の白いシャツのボタンをはずしてゆく。

小さな人が、うん、という声をたてた。まだ目は閉じたままだ。

男は、小さな人の腕を、軽く上下させてみた。次に、体をうつぶせにさせて、背中ぜんたいに触れてゆく。ジーンズも脱がせ、足も確かめる。

半裸になった小さな人を、ふたたびあおむけにすると、男はソファーセットの壁ぎわにある戸棚のところまでゆき、ガラス戸をひいて瓶を取り出した。

ブランデーの、瓶だった。

ポケットから出したくしゃくしゃのハンカチに、男はブランデーを垂らした。そのまままた小さな人のところまで戻り、鼻先にハンカチをかざす。

小さな人が、またうめき声をあげた。

どうしよう、とわたしは思っていた。

その日は、叔母と買い物をしにゆくこととなっていたのだ。

お見合い用の服を選ぶためである。

両親がすでに亡《な》くなっているわたしを、叔母は何くれとなく世話してくれる。お見合いは、すでに五回セットしてくれていたし、やたら背ばかり高くて女っぽさが足りないというわたしのために、「女らしい」服の選び方やお化粧法を助言してくれるし、「女らしく」なるためにいいという怪しげなサプリメントもしょっちゅう送ってくれる。

わたしには友だちが少ない。昔から背の高さを気に病んでいたせいかもしれない。

「寧子《やすこ》ちゃんは、暗いのよ」

叔母はしょっちゅう言う。

叔母が言うほどには、自分は暗くないと、わたしは思っている。もっと若いころは、男の人にあまり縁がなかったり、女友だちが少ないことを気にしたものだったけれど、今ではそんなことはどうでもいいことだと思うようになった。

なぜなら、わたしはわたしの人生を楽しく生きているからだ。

四十歳で、ごくごく地味な外見で、趣味といえば読書、というわたしを、叔母も、そして会社の同僚や昔の同級生たちも、

「なんだか、かわいそう」

と見くだしていることは、知っている。でも、実際のところ、わたしは何も気にしていないのだ。なぜなら、「関わりあい」になることさえ避けなければ、人生にはときおり、天恵のように妙なことが降ってくるからだ。

今日、この小さな人を見つけたように。

薄くまぶたがあき、それから突然小さな人の目は、ぱっと開いた。

「いたっ」

小さな人は、叫んだ。脇腹《わきばら》を、おさえる。それから、自分が服を脱がされていること

とに気づく。

大きなわたしたちを見上げ、小さな人は体をふるわせた。

「怖がらなくていい。おれたちがおまえを怖がってもいいくらいなんだから」

男はぼそりと言った。初めて聞く、男の声だった。少しかすれていて、けれど思いがけず優しい声である。

笑うべきか迷ったすえ、くすりと笑うことを選んだ。それで、小さな人のこわばりが、ほんの少しとれた。

「痛いところは、どこだ」

男は静かに聞いた。小さな人は、脇腹と、それから、足のつけねを指し示した。

「ここにはレントゲンはないし、手当てもできない。病院に行くか？」

小さな人は首を大きく横にふった。

「だめです。ぼくたちがこの世に存在していることがおおやけになったら、困るんです」

そう言いながら、また小さな人はうめいた。

「でも、怪我《けが》してるんだろう」

男のその言葉に、小さな人は目をぎゅっと閉じた。それからまたゆっくりと目をあ

け、

「それより、助けてほしい人がいるんです」

と言った。

恋人を助けてほしいと、小さな人は言ったのだった。

恋人は、猫にさらわれたという。

「ここらのボス猫です。いつも、ぼくらを狙《ねら》っていたんだ」

「銀座に、猫なんて、いるのか」

男が聞くと、小さな人はこくんと首をおった。

「銀座は、猫だらけです。ぼくたちが元いた武蔵野《むさしの》の集落より、ずっと多いかもしれない」

それはびっくりだな。男はつぶやいた。ここしばらく銀座にいるが、猫なんて、一匹も見たことはない。

「銀座にも、いろいろあるんです。ぼくたちのことだって、見たことなかったでしょう」

小さな人は、デスクの上に立ちあがり、手早くシャツとジーンズを身につけた。顔をしかめながら。

「猫は、どこにいる」

「三丁目のTビルの屋上が、あの猫のアジトです」

アジト。大仰《おおぎょう》なその響きが少しばかりおかしくて、わたしは笑った。小さな人が、じろりとわたしを睨《にら》んだ。小さいくせに、迫力あるまなざしだった。

「恋人の、特徴は」

「とっても、美しい人です」

小さな人のその答えに、男はほんのわずかだけほほえんだ。

「もう少し、具体的に」

「白いコートを着てます。あんなめだつコート着ちゃ、いけなかったんだ。いくら久しぶりに映画館に映画を見にいくからって」

どうやってこの小さな人たちが、映画館に映画を見にゆくのかを知りたくてたまらなかったけれど、そんな場合ではないので、黙っていた。

「大きさは、おまえと同じくらいか」

「いいえ、ぼくより小柄です」

「おれたちからすれば、同じだ」

男は、すぐさま動きだした。駆け足で部屋を走り出てゆく男に、わたしも続いた。小さな人は、デスクの上で、祈るようにてのひらを組み合わせ、わたしたちを見つめていた。

そして、わたしたちは今ここにいるのである。Tビルの、屋上に。

ずっと向こうの端には、鳥居が四つ、重なるように建てられているが、まずこちら側の一段高くなった場所にある貯水タンクの方へと、男は足音をたてないよう、近づいていった。

そのまま貯水タンクを囲む金網に飛びつき、男は軽やかにタンクの上に飛び乗った。まるで器械体操の選手のような身のこなしだ。

ぐるりを見回してから、男はふたたび屋上へと降りてきた。

「あっち側には、いない」

二人で、また足音を忍ばせて、今度は鳥居の方へと移動した。きれいにしめ縄が張られ、榊《さかき》があげられ、水もそなえられている。

「背中に、隠れて」

男が言った。意味がよくわからなくてぼうっと立っていると、男はこう続けた。

「どうやら、かなり獰猛《どうもう》な奴《やつ》らしい。猫だと思って油断してると、危ない」

それでもまだぼんやりしていると、男はわたしに向き直り、わたしの手を握った。

驚いて男の顔を見返したけれど、そこにはただ冷静な瞳があるだけだった。

「おれから離れないように」

言ったとたんに、男はものすごい速さで駆けだした。そのまま、四本つらなって建つ鳥居の下に入りこみ、一番奥にある社《やしろ》にぴたりと近づいた。男の影のように、わたしも一緒に動く。男の足は速かったけれど、わたしも足だけは速いのだ。

シャー、という音と共に、巨大なみかん色の猫が社の奥から飛び出してきた。

猫との戦いは、激しかった。

何回も猫は男に飛びかかり、爪《つめ》を大きく使ってから、ふわりとしりぞく。男は果敢に防戦した。男のジャンパーが、何箇所も破けてゆく。帽子はぬげ、男のはく熱い息がわたしまで届いてくる。

男が合図をした。

伏せるようにして、わたしは社の奥に踏み入った。白い小さなものが、地面に横たわっている。小さな人の、美しい恋人だった。

いそいで抱き上げ、両手で包み、屋上の入口まで走った。

「取り戻した」

わたしが叫ぶと、男は猫に背を向け、何回か大きく飛んで、わたしの隣に並んだ。二人して、エレベーターホールまで駆け戻った。小さな人の恋人は、おびえた目でわたしたちを見ていた。たいした怪我は、ないようだった。

「もう大丈夫だ」

男は小さな女に声をかけた。女は一瞬びくっとしたけれど、やがてかすかにうなずいた。男の声が、なんて優しいんだろうと思った。

「で、どうして遅れたの」

叔母が、責める。

あれから、男は小さな二人を病院に連れていったはずだ。おおやけではない、秘密の病院が、銀座にはあるのだと男は言っていた。

「それに、その服はなに。泥がついてるじゃない。袖《そで》もひどくほつれてるし」

知らぬ間に、袖口にはかぎざきができていたし、コートの腰のあたりには汚れがついていた。何回か、ボス猫がわたしにも飛びかかってきた、その時のなごりだろう。

「まったく、寧子ちゃんたら、図体《ずうたい》だけは大きいのに、要領を得ないんだから。寧子ちゃんのような子は、早く結婚して家庭に入るのが一番なのよ」

叔母の決めつけに、わたしは、うなだれてみせる。叔母に、悪気はないのだ。お見合い、ほんとは興味ありません。それに、早く結婚って、もう早くないですから。言おうかどうしようか迷うが、言わないことを選ぶ。

男の名を、わたしは聞いたのだった。なおお、と、男は教えてくれた。それは名字なのか、それとも名前なのか。また会えますか？　重ねて聞くと、男は首を横にふった。いや、たぶんもう。

叔母の指示する服をおとなしく買って、へんに甘い味の効いた和食を一緒に食べてから、叔母とは別れた。その足で、なおお、という男のいたビルの五階の部屋をふたたび訪ねた。ドアには鍵《かぎ》がかかっていなかったけれど、部屋には人の気配がなかった。床に放り出してあった古い布の袋はなくなっており、デスクの上の銀のダンベルもなかった。

（当たりだったのに）

少しだけがっかりしてため息をついたが、すぐに気を取り直した。天恵は、ちゃんとまたやってくるに違いないから。それに、わたしには手がかりがちゃんとある。武蔵野の、小さな人の集落。

男は一見、「関わりあい」にならない質《たち》にみえたけれど、そうではなかった。だから、きっとまだわたしと男をつなぐ細い縁は、つながっている。そして、なんといっても、わたしたちは出あいがしらに、道でぶつかったのだ。それって、ボーイ・ミーツ・ガールの基本中の基本、ではないか。

なくしたものは

起きたらすぐに、おまじないを唱える。

なくしたものが見つかるように。

ぱこん、という音がした。なるちゃんがジュースを飲みおわったのだ。紙パックが、大きくへこんでいる。

「すごい吸引力だね」

と言うと、なるちゃんはふふっと笑った。

「こつが、あるんだ」

なるちゃんは、今日はおかっぱにしている。毎日髪形を変えるのが、なるちゃんのもっかのところの「人生の目標」だそうだ。編みこみにしてみたり、エクステンションを使ったり、かつらをかぶってみたり。なるちゃんの毎日の髪形にひとことコメントをつけるのが、だからあたしのもっかのところの「人生の目標」となっている。

「つまんないねー」

なるちゃんは、あくびをした。

あたしたちは、短大の同級生だ。二人ともサークルには入っていない。こぢんまりとした女子大で、高校生みたいに出席簿順に並んだ最初の語学の授業で、隣りあった。なるちゃんの名字は鳴海《なるみ》、あたしの名字は成田。

「なりちゃんは、面白い？」

なるちゃんが聞いた。

うん、とも、ううん、ともつかない返事をあたしはする。よく晴れた日だ。なくしたものは、いったいどこにあるんだろう。

「なるちゃん」と呼ばれるから、わたしも「なりちゃん」と呼び返しているけれど、心の中では、成田と呼んでいる。

成田といると、いらいらする。それなのに、成田を突き放すことができない。または、成田から離れて一人でいることが、わたしにはできない。

どうしてこんなにいらいらするんだろう。

だって、今朝あせってつけたつけまつげの、はしっこの方が、取れそうになっているし。

新しいハイヒールには、小指の爪があたって痛いし。

昨日の夜は、ついアイスを山盛りにして、一気に食べてしまったし。

それから、おでこにはにきびが一つ、できかけているし。

おまけに、雨が降りそうなのに、傘を忘れてしまったし。

いくらでも、いらいらする理由は見つかる。でも、どれも決定的な理由じゃない。

わたしは知っているのだ。成田が渚《なぎさ》に近づこうとしていることを。そして、渚も決してそれを拒もうとしないだろうことを。

渚とは、高校時代からつきあっている。というか、ほんとうは「つきあっている」のではなくて、渚が暇な時にわたしを呼び出して一緒にあそぶ、そして渚が忙しい時にはメールひとつ来ない、そんな関係なのである。けれど、少なくとも成田よりは、わたしと渚は「古いつきあい」だ。

それなのに、成田は平気で渚に直接メールしたり、二人きりで会ったりしている。なるちゃん、と甘ったるく呼ばれると、成田をなぐりつけたくなる。でも、もちろんそんなことはしない。女の子がそんなことをしては、男の子に嫌われてしまうから。渚に嫌われてしまうから。

今日の午後は渚と映画を見に行くことになっている。絶対に成田を連れていったりはしない。でも成田は勘がいいから、かぎつけてわたしを放さないかもしれない。

どうして渚は、わたしのことを好きになってくれないんだろう。すごく好き、じゃなくて、けっこう好き、くらいでいいのに。

渚なんてこの世にいなかったらいいのに。ときどきわたしは思う。もしかすると渚がいない人生は、なくしものをしたように感じる人生かもしれないけれど、でもその空虚さも含めて、どんなにかすっきりした人生だったことだろう。

雨、どうか降りませんように。わたしは祈る。渚は雨が苦手だから。

雨が降ってきたから、鳴海と会うのはやめようかと一瞬思った。

鳴海は、気楽な遊び友だちだ。さっぱりしているし、顔はかわいいし、うるさいことは言わないし、本当なら恋人になってもいいくらいだけど、どうも俺はそういう気になれない。

鳴海の、あの髪形のせいかもしれない。

会うたびに鳴海は違う髪形をしてくる。高校時代は、そんなことはなかった。染めてない黒髪を、背中のまんなかへんまでのばしていたはずだ。よく覚えてないけど。どうしてそんないろんな髪形してくるの。いつか聞いたら、鳴海は、ふふっと笑った。

どうしてかなあ。なんか、面白いじゃない。渚はどの髪形が好き？　ふふっ。

鳴海のあのふくみ笑いは、なんかエロい感じがする。ほかはいっさい色気のない女なのに。

そういえば、最近鳴海の短大の友だちだっていう成田という女と、何回か会った。鳴海よりも顔はかわいくないけど、鳴海よりも色気はある。

どうして女って、つまんないんだろう。それなのに、どうして俺は女と会わずにいられないんだろう。

鳴海にメールを打って約束を先のばしにしてもらうかどうかを、また迷う。雨が強くなってきたから。でもまあ、行くことにするか。犬が出てくる映画だっていうし。

俺は犬が大好きだ。飼っていた小太郎は、今でもしょっちゅう夢に出てくる。そのたびに、俺は泣いてしまう。小太郎は三年前に死んだ。夢の中で、小太郎が走りまわったり俺に飛びついてきてべろべろ顔をなめたりすると、俺はようやく探していたもならないのに。女と会っていても、そんな気持ちには決してならないのに。

小太郎は、毛布みたいな手ざわりのラブだった。小太郎、という名前だったけれど、女の子だった。母親が、まちがえてつけたのだ。

犬は天国に行けないそうです。

というのは、プリンちゃんの受け売りで、ももちゃんによると、天国なんていうところは存在しないとのこと。

私は小太郎という名前だけれど、れっきとした女です。お母さんが私の名前をつけてくれました。私はお母さんが世界一好きで、次に好きなのは満《みつる》、その次はお父さん、ビリが渚です。

私を散歩に連れていってくれたのも、ご飯を用意してくれたのも、死ぬ前にいろんな世話をしてくれたのも、ほとんどお母さんと満でした。お父さんは会社に行っていて忙しいからしょうがないけれど、渚はいつも暇そうにゲームをしたりテレビを見たりパソコンでエッチな画像を検索したり（私は家の中で飼われていたから、渚の動向は筒抜けなんです）するしか能がないみたいでした。私が元気な時には、それでも散歩についてきたりもしたけれど、弱ってきてからは、ほとんどそばによろうともしなかった。

きっと、怖かったんですね。死にゆく動物を見るのが。

渚は、ほんとにだめな男です。ついさっきだって、せっかく渚のようなだめ男を好きでいてくれる女の子に、デートのキャンセルのメールを出しかけていました。私が念を送ってやめさせましたけど、どうせデートに行っても、乱雑に女を扱うだけなんでしょう、いつものように。

満は、渚にくらべると格段にいい男です。渚よりもそりゃあなんとなく垢《あか》抜けないけど、性格はとびきりだし、頭もいいし、渚よりも若いのにずっと大人だし。

犬のたましいは、最大で十年この世にとどまるそうです。私はお母さんや満やお父さん（そして、たまにこうして渚のことも）を、すぐ横にいて見守っています。小さな力しかないけれど、悪いことが起こらないように、できるだけいい念を送ります。

私はもう一度、満にさわってもらいたいのです。満に、私をなでてもらいたい。ことに、耳のすぐうしろのへんを。そして、並んで野原を走りまわりたい。

犬のたましいは、いい匂《にお》いがします。なくしたきれいな気持ちみたいな匂い。プリンちゃんはそう表現します。満は、ときどき私が近くにいることに気がついているような気がします。どうか私のたましいの匂いを、満がかぎわけてくれますように。

大学に入ったら、僕は家を出ようと思っている。この家の男たちが、僕はたまらなくきらいなのだ。父も兄も、女は自分が気儘《きまま》に使うためにある道具だと思っているふしがある。そんな男たちに囲まれている母がかわいそうで、少し前までは僕が母を守ってあげているつもりだったけれど、本当は母はそうやって気儘に使われることが、けっこう嬉《うれ》しいんじゃないかと、最近僕は気づいてしまったのだ。母は、あきらかに僕よりも兄の渚の方が好きだ。なぜなら、兄は父にそっくりの顔をしているから。

父も兄も、顔がきれいだ。きれいな顔をもつことが、必ずしも男にとって有利に働くわけではないことは、知っている。でも母は、父の顔とその顔にそっくりな兄の顔が、その顔をもつ二人の男たちが、大好きなのだ。

僕は、背が低い。顔は母に似て、もっさりとしている。髪はごわごわだし、声は甲高い。母が僕よりも兄を愛していることを悟ったのは、小学生の頃だった。僕の、最初の失恋だ。苦い苦い、失恋だった。

僕は、女にもてたことがない。僕を男として一番に好いてくれた女の子は、小太郎だけだ。犬だから、雌と言った方がいいかもしれないけれど、それに女の子のくせに小太郎なんていう名前だけど、でも、やっぱり小太郎は僕にとって、立派な女の子だ。まあ、いい。僕にはやりたいことがあるのだ。女にはもてたいけど、それが世界のすべてじゃない。僕は失われた文化を研究したいのだ。古文書や、発掘調査、そしてたくさんの文献。

へんな趣味だなあ。父も兄も言う。満は、かしこいのよね。母は、ほほえむ。遠い女の、ほほえみだ。

失われた文化は、僕を興奮させる。今はいない、けれどかつていた人たち。その人たちは、僕の不格好な姿のことを何もとがめないし、僕の甲高い声のこともばかにしない。

埋葬されてから、もう二千年ほどたちました。

この前、小太郎という犬のたましいに会って、そのことを知りました。

小太郎の好きな男が、わたくしたちのような人間のたましいの研究を志しているというのです。

「たましいの研究なんて、聞いたことがないですけれど」

と言うと、小太郎は首をかしげました。もちろんたましいなので、実体はないのですが、そういうことは、なんとなくたましい同士にはわかるものなのです。

「でも、私のところの満は、たしかに私のたましいのこともわかっているし、だから、古い文化の研究を志しているからには、その文化をつくったあなたたちのような人たちのたましいを、きっと深く研究するにちがいありません」

小太郎は、自信まんまんでした。

犬の言うことなんて、べつにどうだっていいのですけれど、わたくしたちのたましいを研究するなんて、生意気ではありませんか。

ことによっては、呪《のろ》ってやってもいいかもしれない。

でも、二千年もこうやってたましいとして浮遊しているうちに、わたくしの呪いの力は、ずいぶんと弱まってしまったようなのです。

わたくしは、巫女《みこ》でした。亀甲《きっこう》を使った占《うらない》をおこなって、国を治めていました。海の向こうの国とも行き来がありました。

「ねえ、おばさんのたましいは、ずっとこの世にとどまっているの」

小太郎は、聞きます。

「おばさんとは、無礼な犬だこと。わたくしにはちゃんと名前があるのですよ」

「へえ、名前。なんていうの」

小太郎は無邪気に聞きました。たましいに無邪気も邪気もないものですが、まあ、たましい同士にはなんとなくそういう感じもわかるのです。

「名前は……」

言いかけて、つまってしまいました。どうやら二千年たつうちに、わたくしは自分の名前も忘れてしまったようなのでした。

「私、渚のところに行ってくるわね」

犬は、そう言い残して去ってゆきました。もう二度と小太郎とは、会えないことでしょう。たましい同士は、引き合う力が弱いのです。自分のいたい場所、自分が会いたい人だけが、たましいをつなぎ止めているのです。

わたくしの名前は、いったい何といったのでしょう。そういえば、わたくしが治めていた国の名前も、わたくしは忘れてしまったのです。

犬のたましいは十年。小太郎は言っていました。では、人のたましいは、何年なのか。

雨が降ってきました。たましいでも、雨や風は感じるのです。まだわたくしは、あめ、かぜ、ひかり、ゆき、くもり、というような言葉は、忘れていません。それらの言葉さえ忘れ果てたころにようやく、わたくしのたましいは、この世界を去ることができるのかもしれません。

雨がひどくなってきた。

でも渚からキャンセルのメールは来ていない。ああよかった。まだ油断はできないけれど。

渚のことが、どうしてわたしは好きなんだろう。

渚の、顔が好きだ。でも、それだけじゃない。

だめなところも、好きだ。でも、やっぱりそれだけじゃない。

つかまえられないから、好きなのかな。

この手の中に渚をつかんだら、もうこんな執着はなくなるのかな。

手を振りながら、渚がやってきた。やあやあ、なんて言って。記憶の中の渚よりも、ほんものの渚の方が、いつもすてきだ。やっぱり好き。わたしは思う。理由なんか、どうでもいい。ただ、好きなんだ。

犬の映画は、お涙頂戴《ちょうだい》の、どうしようもないものだった。でも、渚は盛大に泣いた。

ほとんどしゃくりあげんばかりに。こういうばかなところも、好きなんだ。

安いラブホテルで、わたしは渚に腕枕《うでまくら》をしてもらった。渚の腕は、わたしの首にぴったりくる。

「ねえ、成田と会わないで」

思いきって、言ってみた。渚は驚いたような顔になった。

「知ってたの」

「あたりまえ」

「おまえ、そういうこと、言わない女じゃなかったの」

「たまには、言う。言いたい時には、言う」

渚は、一瞬しらけた顔になった。でも、次の瞬間、電流が体をはしったように、びくっとして、それから、

「わかった。会わない」

と答えた。

わたしの方が、驚いた。なぜこんな素直に？

「わからねえよ、俺だってびっくりしてる。犬のおかげかも」

渚は、意味のわからないことをつぶやいた。

さみしい、とわたしは突然感じてしまう。渚が優しくしてくれてるっていうのに、へんなの。成田と会わない、と渚が約束してくれたことはとっても嬉しいけれど、でもそのかわりに、何かを一つなくしたような気持ちがひたひたとわたしの体を満たしているのだった。

起きたらすぐに、おまじないを唱える。

なくしたものが見つかるように。

なるちゃんは、今日もばちばちにつけまつげをしている。

きっと今日もなるちゃんは、渚とデートなんだろうな。渚とは、こっそり三回ほど会ったけれど、つまらない男だった。だから、もう会わない。たぶん、向こうもそう思っている。

「つけま、決まってるよ」

なるちゃんに言ったら、なるちゃんはツインテールの髪を揺らし、

「よかった」

と笑った。

あたしたちは、きらきら輝いている。若いから、とか、今がいちおう平和だから、

とか、体が健康だから、とかいうのじゃなく、ただここにいるだけで、あたしたちはきらきら輝いているのだ。たぶん。

なくしたものは、決してもう見つからない。だからこそ、あたしたちはきらきら輝くのだ。でもやっぱり、なくしたものを、あたしは見つけたい。たとえもうきらきら輝かなくなっても、見つけてみたい。

「先週、犬の映画見た」

なるちゃんは言った。

「どんな犬だった?」

「ダルメシアンと柴犬《しばいぬ》」

「へんな組み合わせー」

風が吹いて、何かの匂いをはこんできた。それはきっと、失われたたくさんのものの、きれいなきれいな匂いだ。何を自分がなくしたのかさえ、まだあたしにはわかっていない。それでもあたしは毎日唱える。なくしたものを、どうか見つけることができますように、と。

儀式

わたしの一日は、とても静かです。

起きるのは、夕方の六時半ごろ。夏はまだ夕暮れの光が残っていることもありますが、たいがいの季節は、もう暗くなっています。だから、最初にするのは、部屋の灯りをつけることです。明るさに目が慣れるまでに、しばらくかかってしまうのは、年のせいでしょうか。

起きてすぐにおこなうのは、洗濯ものをとりこむこと。洗濯ものを干している昼間はわたしにとっては睡眠の時間であり、急な雨がきてもわからないので、干してあるのは室内、大きな窓の際《きわ》です。梅雨や秋の長雨の季節には、まだぱりっと乾ききっていないこともあります。そんな時には、しかたなく乾燥機を使います。乾燥機は、あまり好きではないのですが。夜七時のニュースを見ながら、洗濯ものをたたみ、儀式用の長衣《ちょうい》を洗濯した日には、ていねいに長衣にアイロンをかけます。

朝ごはんは、ふつうの人間にとっては夕ごはんの時間である、午後七時半ごろにとります。食パン一枚に、目玉焼き、ミニトマトとブロッコリーのサラダ、そしてヨーグルトです。食べながら夕刊をゆっくり読み、必要な記事は破りとって、今月用のクリアファイルにつっこみます。朝刊を読むのは夕飯の時で、こちらも、必要な記事は破っておきます。はさみできれいに切り取って順番にきちんと重ねることもあるのですが、まあ、わたしの仕事にはきりというものがないので、乱雑に破りとってごちゃごちゃと適当にクリアファイルに入れるくらいは、許してほしいものです。

食休みが終わると、仕事にかかります。まずは、先月までのクリアファイルの中で、残っている案件についての処理を考えること。たとえば、今手元に残っている案件のうちの二つは、マンホールのふたが盗まれ、ぽっかりとあいた穴に間違って落ちてしまった六十代の女性が重傷を負った事件と、東西両隣の家に向かって毎日ベランダから呪詛《じゅそ》をとなえ続けて訴えられた三十代の男性の事件です。

マンホールを盗んだ犯人は、まだ世間的には判明していません。もしかすると警察がつきとめる可能性もあると思い、すでに半年前の事件であるにもかかわらず、ずっと保留案件にしておいたのですが、そろそろわたしが決着をつけてもいい時期でしょう。

犯人は、もちろんわたしにはわかっています。盗まれたマンホールから三十キロほど離れたところに住んでいる、四十代の女性です。マンホールのふたにはマニアックなファンがいるため、盗んできては闇《やみ》で売りさばいているのです。ふたを盗んだだけなら、わたしが出てゆくこともなかったのですが、盗みが原因で重傷を負った人間がいるとなると、わたしの出番となってしまうのです。

「三」

わたしは静かに唱えます。犯人の四十代女性には、これで、今週中にレベル三の天罰がくだることでしょう。

ベランダの呪詛男の案件は、つい先月のものです。少しばかり迷っていたので、天罰の実施がのびのびになっていたのです。というのも、実際にこの男は西隣の主婦から十二年前にひどいことをされたからです。当時まだ二十歳になったばかりで大学に通っていたベランダ呪詛男は、西隣の主婦からその容貌《ようぼう》と体つきをあからさまに馬鹿《ばか》にされ、そのことが遠因となり、引きこもりになってしまったのです。むろんそのくらいのことで引きこもりになる男の弱さはいかんともしがたいのですが、人間とは弱いものです。じゅうぶんに同情の余地はありましょう。

「一」

わたしは唱えました。ベランダ呪詛男には、これで今週中にレベル一の天罰がくだることでしょう。

あと二つの天罰をくだしたところで時計を見ると、十二時でした。そろそろ昼食の時間です。その前に、軽く掃除もしてしまいましょう。この家はさして広くありません。わたし一人しか住んでいませんし、持ち物も少ないのです。儀式用の長衣をしまっておく空間と、あとはほんの少しの服と食器を入れておく棚が必要なくらいで、昔はたくさんあった本も、ほとんど捨ててしまいましたから、本棚もありません。電子書籍ならば場所をとりませんし、カビがはえたり本ダニがついたりすることもありません。

1DKの部屋の掃除は、十五分ほどで終わります。フローリングの床を箒《ほうき》ではき、ぞうきんがけもします。化学ぞうきんではなく、普通の布のぞうきんをしぼって手でふくのが、わたしは好きです。お昼はうどんにしようと、昨日から和風のスープを作っておいてあります。白菜、大根、にんじん、鶏肉《とりにく》、こんにゃくに豆腐も入れ、塩味にととのえました。たくさん作ってあるので、三日はもつはずです。このスープを小《こ》鍋《なべ》にとりわけ、うどんを入れれば煮込みうどん、ご飯を入れて少し煮ればおじや、カレーをとかしてカレーうどんにするのもおいしいのです。

たくさん唐辛子をふった煮込みうどんを食べ終え、小さなりんごをデザートにむき、昼食は終わりです。食後には、ベランダに出て星を見ます。この季節だと、オリオンがよく見えます。昔は銀河もきれいに見えたものでしたが、今はオリオンくらい明るい星座しか見えません。少しつまらないような気もしますが、見ようと念じれば銀河どころではない、遥《はる》か遠くの宇宙までわたしには見通せるのですから、よしとしておきましょう。

昼食後には、またいくつかの天罰を加えました。天罰は、一日十件までと、いちおう自分で決めています。世界には天罰を与えられるべき人間がもっとたくさんいるかと思われるかもしれませんが、なに、わたしが天罰を与えなくても、自然の摂理でそのような者たちが痛い目にあうことも、多いのです。正義は勝つ、という言葉を、人間はしばしば口にしますが、人間が思っているよりもずっとその言葉は有効なのです。ああ、もちろん「正義」ということの定義は、曖昧《あいまい》なものではありますけれど。

気がつくと、もうそろそろ夕飯の時間です。この時刻は、一日の中でいちばん冷え込みが厳しくなります。儀式をおこなうのは、この時刻と決めています。

儀式用の長衣を身につけ、窓を開け放ちます。世界のあらゆる魂からの呼び声を聞くためには、気温はできるだけ低い方がいいのです。だから、真冬には多くの呼び声をわたしは聞きとめることができます。魂が何かを求めて呼び声をあげることは、人間の一生に数回あります。できるだけその呼び声を聞きとめてあげないと、人間はしおれていってしまうのです。ほら、あなたのまわりにも、時々いるでしょう。生きている精のないような人間が。そういう人間は、魂が呼び声をあげた時に、わたしに聞きとめてもらえなかったことが重なった人間たちなのです。運の悪いことです。ですから、その運の悪い人間をつくらないためにも、儀式は重要なのです。

真冬ではない、真夏の暑い時には、魂の呼び声を聞きとめることは少し難しくなりますが、不思議なことに、暑い時期には人間は魂の呼び声をあげる確率が低いのです。暑すぎて何も考えたり感じたりする気にならない、ということかもしれません。

儀式は、一時間ほどで終わります。魂の呼び声の内容は、ほんとうに千差万別です。世界の平和を希求する声もあれば、伴侶《はんりょ》との壊れかけている仲を修復したいという声もある。どうしても欲しいものを得るためのお金を望む声もあれば、今しも命を失おうとしている小さな猫を救いたいという声もある。

どの声にも、わたしは応《こた》えません。ただただ、声を聞くだけです。でも、それでいいのです。魂は、聞いてもらえたと感じれば、それだけでずいぶんと身軽に、ふたたび活発に、なるのです。呼び声をどこかに向かってあげなければならないくらい重くなった魂が、わたしに聞きとめてもらって、ふたたびふわふわと軽快なものに戻ってゆくのは、わたしにとってもとても嬉しいことです。だから、わたしは儀式をとても大切にしているのです。

儀式が終わると、夕食です。でもその前に、儀式の間まわしておいた洗濯機がそろそろ止まっているころでしょう。窓際に置いたおりたたみの物干しを広げ、下着を少しとタオル類、それに二日間着たシャツと四日はいたフリースの裏打ちのあるズボンを干します。儀式用の長衣の洗濯は、一週間に二回ほどしますでしょうか。夏は汗をかくので、毎日洗いますがね。

さて、今日の仕事は、これですべて終わりです。夕飯にはお酒を飲みましょう。仕事がちゃんと終わらなかったり、何かの都合で邪魔が入った時のお酒は、あまりおいしくありません。でも、今日のようにつつがなく終わった一日だと、ほんとうにお酒はおいしいのです。今日の夕飯は、宅配で買っておいた生ハムと、チーズ、それに冷凍しておいたフランスパンをオーブンであたためて、あとは作りおきしておいたかぼちゃの煮たものに青菜のおひたしです。かぼちゃや青菜は、生ハムやチーズとはあわないかもしれませんが、なに、いいのです。お酒は、ワイン。先週の飲み残しが、まだボトル三分の二ほど残っています。ええ、お酒を飲むといっても、わたしのは、たしなむ程度です。アルコールに酔うということは、わたしにはありませんから、量はどうでもいいのです。

夕飯が終わったら、ゆっくりお風呂《ふろ》に入り、しばらく休んでから就寝前の軽い運動をします。太極拳《たいきょくけん》とラジオ体操を組み合わせた、自己流の運動です。あんまり熱心におこなうと、せっかくお風呂に入ったのにまた汗をかくので、体が温まる程度にとどめます。それからすぐにベッドにもぐりこみ、眠気がさすまで、読書をします。このごろ凝っているのは、自己啓発もの。人間というものが、いかに不思議な生物なのかが、自己啓発ものを読むとよくわかるような気がします。その前までは、シリアルキラーの出てくる警察ものに凝っていました。こちらも、人間を知るにはなかなかいい分野でした。

人間のことが、わたしにはいまだによくわからないのです。こうして天罰を与える生活が始まってから、もうずいぶんになるというのに。でもまあ、それもまたよし、です。もしも人間のことがすっかり隅から隅までわかってしまったら、もしかするとわたしはもう天罰を与える気持ちにもならないかもしれませんし、儀式をおこなって魂の呼び声を聞きとめることもしなくなるかもしれませんから。

さて、そろそろ眠ることにしましょうか。すぐ上の階で、掃除機の音がします。もう日はずいぶん高くなっています。わたしはこのマンションでは、「田中さん」と呼ばれています。前に住んでいたところでは、「ミス・スミス」でしたし、その前は「ヤロスラーヴァ」でした。どこかでわたしとすれちがったことが、あなたにもあるかもしれません。わたしに魂の声を聞きとってもらったことも知らず、あなたはきっとわたしに感謝もせず、それどころかわたしのことを一瞥《いちべつ》もせず、「ああ、どこかのおばさんが歩いてる」とすら思わず、忘れ去っているにちがいありません。でも、それでいいのです。人間とは、そういうものなのですから。

バタフライ・エフェクト

二階堂梨沙《りさ》。

手帳の、九月一日の欄には、そう書かれていた。

後藤光史《こうじ》は首をかしげる。

(これ、誰だ?)

心あたりを頭の中でさらってみたけれど、梨沙という名前の知り合いも、二階堂、という名字の知り合いも、一人として思いだせなかった。

それなのに、「二階堂梨沙」という文字は、手帳の一ページぶんの四分の一のスペースをしめる空間に、光史自身の手書きの字で、くろぐろと記されていた。

同じころ、やはり首をかしげていたのは、二階堂梨沙だった。

後藤光史。

手帳の、九月一日のところに、緑色のボールペンで、書かれている。

梨沙は、手帳が大好きだ。その日に食べたもの、した仕事、会った人、そしてお天気までを、四色ボールペンでもってこまごまと書きこむことを習慣としている。四色ボールペンの、黒で書きこむのは、仕事のこと。青は、プライベートのこと。赤は、忘れたくない会話や、ものすごくきれいな満月のことや、荒れた海を見た時のどきどきした気持ち、などのこと。そして、緑は、そのどれにも当てはまらない、「その他」のこと。

緑色のボールペンの「後藤光史」という字は、たしかに梨沙みずからが書いた文字である。けれど、その名には、さっぱり覚えがなかった。

手帳を、梨沙はぱたんと閉じた。九月一日は、三週間後の週明けの月曜日だ。会社に行き、家に帰るほかは、今のところ予定はない。

後藤光史は、咳《せき》こんだ。

ゆうべ、長風呂でのぼせてしまい、そのあとずっと裸でいたからに違いない。一人ぐらしを始めてから、五年になる。一人で裸でずっといても、誰にも文句を言われないのは楽だけれど、時々むしょうに（恋人と暮らしたい）と思うことがある。

大学時代につきあっていた雪子とは、会社に入ってから二年めに別れていた。雪子はその後結婚し、ついこのあいだ一人めの子供が生まれたという噂《うわさ》を聞いたばかりだ。

光史には、友だちが多い。大学のサークル友だちともよく会うし、会社の同期ともけっこうしょっちゅう飲む。友だちが友だちを連れてきて、そのまた友だちとも知り合いになって、ネットでもやりとりして、実生活はじゅうぶんに充実しているような気もするのだけれど、なぜだか恋人だけはできない。

（少し、めんどくさいし）

というのも、本音だ。雪子にふられた時は、立ち直るのにけっこう時間がかかった。

ごほごほ。電車が揺れた拍子に、また光史は咳こんだ。隣に立っている、金色の小さなピアスをした女が、ちらりと光史を見やる。

（そんな迷惑そうな顔しなくてもいいのに）

光史は思う。

ピアスの穴、一緒にあけない？

二階堂梨沙が、高校時代からの友人の優子にそう誘われたのは、先月のことだった。

「でも、ピアスの穴をあけると、運命が変わるっていうじゃない」

梨沙が言うと、優子は笑った。

「いいじゃない、変われば、運命」

高校時代から、優子は勇敢だった。いじめ、というほどじゃないけれど、クラスで無視っぽくされている子がいると、必ず声をかけていたし、歩き煙草《たばこ》をしている人にはきはき注意をするし、恋愛だってどんどん突き進む質である。

「でも」

梨沙がためらうと、優子はじっと梨沙の顔を見つめた。

「今の自分の運命に、梨沙は満足してるんだ」

えっ、と梨沙は思う。

自分の運命に満足しているかいないか。そんなこと、考えたこともなかった。

「それが、満足してる証拠だよ」

優子は言い、ピアスの話はそれっきりになった。

今月になって優子と食事をしたら、優子はよく光る金色のピアスをつけていた。

「かわいいね。あたしもすればよかったかなあ」

「そうだよ」

優子は髪を耳にかけて、ピアスをはっきり見せてくれた。

(でも、なんだかまだ、いいや)

内心で梨沙は思う。

(ピアスは、もうちょっと、大人になってから)

梨沙は二十七歳だ。すでに大人の年齢であることは、自分でもわかっている。でも、どうしても、自分が大人だとは思えない。

「ねえ、あそこに座ってる人、いい感じだね。ああいう人、けっこう好きだなあ」

優子がそっと指さした。梨沙が振り返ると、髪に少し白いものがまじった、ジョン・レノンみたいな眼鏡をかけた五十代くらいの男性が、一人でシェリーを飲んでいる。

優子の男の好みは千変万化である。この前は高校生がいいって言ってたのに。梨沙が言うと、優子は、あはははは、と笑った。

どうにも虫の好かない相手っているものだ。

後藤光史は、ため息をつく。それが、遠いあいだがらならいいけれど、上司なのが、ほんとうに困る。

真壁部長は、光史の直属の上司ではないのだけれど、今の仕事の編成上、この一年ほどずっと光史が下についている。

「部長って、一人でバーでシェリーとか飲むのが似合いそうで、すてきですよね」

女の子たちは言うけれど、そんな男のどこがいいのだろう。一人で飲んでる男なんて、友だちがいない男なんじゃないのか。そんな男に限って、人の言うことよりも自分の主張ばかりを通したがるに決まっている。げんに、真壁部長はそういう上司だった。部下に仕事をまかせず、隅から隅まで口をだしてくる。

今の企画のプレゼンは、九月一日だ。それまでに、真壁部長の指定するあらゆる資料と動画と写真をそろえ、そのうえ模型までつくらなければならない。

同じように細かな指示をだすのでも、津田課長ならまったく気に障《さわ》らなかったのに。光史は不思議に思う。津田課長は、去年中途退社した。四国に移住して農業を始めたそうだ。この前、箱いっぱいのにんじんが課宛《あ》てに送られてきた。

「なにこれー、泥だらけ」

女の子たちは悲鳴をあげていたけれど、光史は喜んで袋いっぱいもらっていった。にんじんは、ゆがんでいて細かった。洗って皮をピーラーでむき、風呂上がりに光史は生のままかじってみた。ビールと、よくあって、とてもうまかった。

「やだ、あたしにんじん、嫌いなのに」

二階堂梨沙が文句を言うと、母は肩をすくめた。

「ご飯つくってあげてるだけで、感謝されるべきなんじゃない？」

「はいはい」

「二つ返事は、しないの」

梨沙は、山盛りのきんぴらにんじんの皿から、ふたひらほどを箸《はし》でとり、口にはこんだ。あんまりおいしくない。母の料理は、どこか気が抜けているのだ。

「昌子おばちゃんのお隣さんの、津村だか津田だかいうご夫婦がね、脱サラで四国に引っ越して無農薬農業はじめて、それでにんじんときゅうりを送ってくれたんだけど、あそこはもう年よりでたくさん食べられないからって」

きゅうりの浅漬けをぽりぽりかじりながら、母はのんびりと言った。浅漬けも、お母さんがつくったの？　梨沙は聞く。うん、けっこうおいしくできたでしょ。

（塩が薄いなあ。でも、健康にはいい？）

梨沙もぽりぽり浅漬けを嚙《か》んだ。

「そういえば、八月の最後の週の土日に、お父さんと旅行に行くことになったの」

「そうなんだ」

「明子ねえさんが、葉書で応募して宿泊券を当てたんですって。五千円でいいからってゆずってくれたの」

母ははしゃいだ声をあげる。五千円って、もともとただなんだろうに。梨沙は思うが、指摘するとまた話が長くなって面倒なので、言わない。行き先、河津《かわづ》なの。なに着てこうかしら。とめどなく喋《しゃべ》りながら、母は浅漬けの大半を一人で食べてしまった。

河津の母親から後藤光史に電話があったのは、日曜日のことだった。

「お父さんが、ちょっと血圧が高くて」

「ああ」

まだはんぶん眠ったままだった光史は、片手をついて半身で起き上がった。

「次の土日、帰ってこられない？」

「そんなに悪いの」

「まあ、薬飲めば大丈夫なんだけど」

光史の両親は、河津で民宿兼食堂を営んでいる。宿泊客は、このごろはほとんどいなくて、もっぱら昼の「河津桜定食」目当てのお客にたよっている。

「手伝い、必要なの？」

「そういうんじゃなくて、たまにはあんたの顔が見たいって」

「週末、もしかすると会社に行かなきゃならないかもしれないんだ」

そんなに忙しいの、あんたの会社。まさかブラックじゃないでしょうね。母親は言った。ちがうよ、たぶん。光史は答える。週明けにプレゼンがあってさ。

プレゼン、という言葉に、母は気を吞《の》まれたようだった。早々に母親は電話をきってしまった。帰る約束、してやればよかったかな。光史は思う。それから、すぐにまた眠くなって、ふとんをかぶってぐっすりと寝入った。

二階堂梨沙の、八月三十日の手帳の記述は、こうである。
十時半起きる　昼　冷や麦　夜　カレーライス　すいか
父母、旅行出発直前に少し喧嘩《けんか》　文楽？
土曜日なので、青ボールペンによる記述だけしかないし、心に響いたことも殊《こと》になかったので、赤ボールペンの書きこみもない。最後の「文楽？」だけは、緑色で書いてあるのだけれど、これは優子に文楽を見にゆかないかとメールで誘われたからである。

（文楽とか、歌舞伎《かぶき》とか、なんかこう、大人の女っていうか、おばさんぽい女たちが行くものなんじゃないのかなあ）

ベッドに寝そべって手帳に文字を書きながら、梨沙は思った。

それにしても、気になるのはあさって九月一日の「後藤光史」の文字である。緑色で書いてあるということは、「その他」にあたるはず。でも、いっぱい書きこまなきゃならない余白の、まんまん中に、こんな大きな字で書くなんて、いったいどういうこと？

明日は日曜日。そしてあさっては月曜日。日曜日も特に予定がないし、月曜日だって会社に行く以外の予定は、ない。つまんないけど、暑いし疲れてるし、まあいいか。

梨沙は手帳をぱたんと閉じた。それから目をつぶり、ゆっくりと顔のマッサージを始めた。

八月三十日土曜日、後藤光史は河津にいる。

電話では断ったが、なんとなく気がとがめて、土曜の午後遅くに帰ったのである。大歓迎されるかと思っていたけれど、父親も母親も忙しそうにしていた。二階にあがって自分の部屋のドアをあけると、ベッドの上にはふとんも枕もなかった。平らなベッドに寝そべって、光史はほんの少しだけ、うたた寝をした。

気がつくと、真っ暗だった。こうじー、という声がする。時間を見ると、九時になっていた。階段をおりてゆくと、父親はビールを飲んでいた。食堂が閉まるのは、八時半ごろだ。母親はまだ、調理場を片づけている。

「血圧高いのに、ビール飲んでいいの」

「飲みすぎなきゃ、いい」

父親の顔はもう赤くなっていた。あまり酒は強くないのだ。光史もコップを持ってくる。自分でついで、一息にほした。

翌日の八月三十一日日曜日は、光史も食堂を手伝った。ひどく暑い日だった。お客は、大学生らしき十人くらいのグループと、父母と同じくらいの年の夫婦一組だけだった。大学生たちの注文がほとんどみなばらばらだったので、てんやわんやだった。

夫婦ものが喧嘩をしていることがわかったのは、大学生たちが去ってからである。父親も母親も、慣れた顔で知らないふりをしていた。光史も調理場に引っこもうとしたけれど、夫婦の妻の方と目があってしまった。

「お水、おかわりいりますか」

光史はとっさに聞いた。答えはなかった。どうやら夫婦ものは娘のことで言い合いをしているようだった。あの子はまだ若いのよ……もう二十七……でもあの子会社が……どうせ腰かけじゃ……まあ、なにそれ……きれぎれに聞こえてくるやりとりを、光史は所在なく聞いていた。かたん、という音がしたので、光史は調理場の方を見た。母親がこっそり手招きしていた。光史はいそいで夫婦ものから離れて奥に引っこんだ。

「聞き耳たててるんじゃないよ」

母親が光史の背中をぴしゃりと叩いた。

やがて、夫婦ものは会計をすませて出ていった。光史はその時、壁にはってある時刻表をチェックしていた。

——今日だって梨沙は予定もなくいちにち家でごろごろしてるんだろう——

店を出がけに、夫婦ものの夫の方が口にしたその言葉は、光史の耳には届いていない。

八月三十一日、気がついたら、日が暮れていた。

土曜日も日曜日も、ほとんど何もしなかったな。後悔の念がじわじわとわいてくるのを感じながら、二階堂梨沙は居心地悪く振り返る。それから、母がつくっていったカレーをあたために、階下におりてゆく。

薄闇の中、庭の柿《かき》の木でツクツクホウシが鳴いている。テレビをつけたら、女優が結婚について喋っていた。家族っていいですよ。わたし今、ほんとうにしあわせです。

カレーの匂《にお》いがたってくる。ガスの火を消し、レンジでチンした冷凍ご飯にたっぷりとカレールーをかけ、福神漬けもたくさんのせ、梨沙はカレーライスに匙《さじ》をいれた。

カレーライス。心の中で梨沙は発音してみる。カレーでも、カリーでもなく、カレーライス。いつか母のカレーライスをなつかしがる日が来るのかな。梨沙は思う。少しだけ泣きたくなるけれど、それはたぶん土日を無為に過ごした悔恨の気分からきているただの感傷だろうと、自分でもわかっている。

九月一日、後藤光史は会社に出勤する。

手帳を開くと、今日の日付のところには、あいかわらず「二階堂梨沙」とある。何回、この名前を見たことだろう。手帳はあまり活用していなかったのだけれど、二階堂梨沙の文字を発見してからは、前よりずっと頻繁に手帳を開くようになった。

午後いちばんにプレゼンがあり、光史たちのチームは無事主導権をにぎる。会議室に腰をおろした、いつもはほとんど顔をあわせることのない何人かの女たちを、光史はちらちら見やる。その中に、二階堂梨沙らしき女は、いないようだった。

課に戻り、自分の机に向かう。なんだか落ちつかなかった。会社の隣のビルにあるチェーンのコーヒー店に行き、アイスカフェラテを一杯飲む。女の子が何人かいたけれど、どれも二階堂梨沙とは思えなかった。

七時ごろに会社を出て、まっすぐ部屋に帰る。電車にも、帰途の路上にも、二階堂梨沙はいない。むろん、二階堂梨沙がどんな女なのか、想像もつかないのだから、今日すれちがった何十人もの女の中に彼女が存在していた可能性はあるはずだった。けれど、と後藤光史は思う。二階堂梨沙は、いなかった。もしいれば、おれにはきっとわかったはず。いったいどこにいるんだ、二階堂梨沙。

コンビニで買った弁当を食べ、風呂に入り、ネットを少し見て、後藤光史はため息をつく。それから、ぱたんとベッドに横たわる。眠りは、浅い。

九月一日、二階堂梨沙は会社に出勤する。

会社は今日もこともなし、で、しっかり働いた梨沙は定時に会社を出る。優子と待ち合わせて食事をし、父母が河津で買ってきたクッキーを優子に渡す。二軒めには寄らずに家に帰ると、母が神妙な顔をして、まだ着替えもしていない梨沙につっと寄ってくる。

「ねえ、お見合い、してみない？」

しない。梨沙は言下に答える。そんなにべもない断りかたって。せっかく明子ねえさんが言ってきてくれたのに。半分困ったように、けれど半分は嬉《うれ》しそうに、母は言う。

部屋に戻り、梨沙は手帳を開く。後藤光史、という手帳の文字をよけるように、今日の昼に食べたもの、仕事の進みぐあい、夜のワインの産地を記入する。

後藤光史とは、会えなかったな。梨沙は思う。シャワーを浴びてから顔のマッサージをし、もう少し起きていようとしたのだけれど、ワインの酔いですぐに眠くなってしまって、ベッドに入る。寝入る直前にもう一回、後藤光史、と思う。そして次の瞬間には、深く寝入る。

九月一日、後藤光史と二階堂梨沙は、ほんの一瞬だけ、同時に同じ場所にいた。二人が出勤する途中の乗換駅に、一匹の蝶《ちょう》が迷いこんできた、その、時ならぬふわりとしたはばたきに、気がついて首をもたげ優雅に飛んでゆく姿を見たのが、後藤光史と二階堂梨沙だったのである。何人かの人間をへだて、確かに二人は同じ蝶を見、その軌跡を追ったのだけれど、数秒後には互いの存在も知らないまま、別々の方向へと移動してゆき、ことなる路線の電車に乗りこみ、蝶のことはそのまま忘れた。

二人が実際に出会うのはそれから五年後の九月一日のことであり、波瀾《はらん》に満ちた二人の長い物語がそこから始まるのだけれど、むろんそのことを、今は二人とも知らない。

ちなみに、五年後に二人が出会う時、二人とも手帳の名前のことは、すっかり忘れている。どこかで聞いた名前だ、と思うことすら、ない。二人が見た蝶は、駅舎から無事に飛びでたのちに、蜘蛛《くも》の巣にとらえられ、九月一日のうちに命を失うことになるのだけれど、そのことを二人が知ることも、決してない。

暑い一日が、始まろうとしていた。

二百十日

風の強い日だった。

先週電話があって、萩原の伯母が来る約束になっていたのだけれど、なんだか伯母は来ないのではないかという予感がしてならなかった。

ときどきあたしは、こういう勘がはたらく。

約束の三時をまわっても、あんのじょう伯母は来なかった。風は、ますます強まってくる。今日はたしか、二百十日ではなかったか。ちょうど稲の花が咲くころで、この時期になると決まって萩原の本家の伯父は、大きな台風が来なきゃいいんだけど、と言っていた。

作付面積は年々少なくなっていたけれど、新潟の萩原の本家では、ずっと田畑を耕している。伯父は市役所に勤めており、田植えや刈り入れなどの時期だけ休みをとって農作業をおこなっていた。

その伯父が倒れたのがおととしのことだ。伯母は今も一人で、作物を作っている。

三時半ごろに、インターフォンが鳴った。

「るかです」

子供の声だった。

「るか？」

しばらくインターフォン越しに喋ったけれど、要領を得なかった。しかたがないので玄関の扉を開けると、あたしの胸くらいの背丈の男の子が立っている。目の細い、あごのとがった子だった。

「萩原から来ました」

るかは、小さな声で言った。

伯母は、足をくじいたのだという。

「一人で来たの？」

るかは、うなずいた。小さな手提げかばんを持ち、背中にはリュックをしょってい
た。
「あの、これ、萩原から」
と言って、るかは扉を開けたままの玄関先で、リュックを下ろそうとした。あわて
て招き入れた。扉が、ばたんという音をたてて閉まる。風が押したのだ。
とうもろこし。モロヘイヤ。なす。トマト。きゅうり。みょうが。
次々に野菜が出てきた。
「重かったでしょ」
言うと、るかは首を横にふった。
「ぼく、力持ちなんです」
ちっともそんなふうには見えなかったけれど、そうなんだ、と答えておいた。
「あの、本当はぼく、萩原に連れてきてもらうはずだったんです。で、しばらくお世
話になる予定だったんですけど、大丈夫ですよね？」
るかは言い、あたしをうかがった。
男の子を連れてくるなんて、萩原の伯母はひとことも言っていなかった。そのうえ、
滞在するなんて。

るかには麦茶を出しておき、伯母の携帯に連絡してみた。呼び出し音が何回か鳴ってから、機械の女の人の声がはじまった。ご用件をピーという音の後にお話し下さい。何も入れずに、切った。がたがた、という音がして家のどこかが揺れている。るかは、静かに麦茶を飲んでいた。

学校は、と、るかに聞いた。

行ってないんです、今は。るかは下を向いて答えた。

登校拒否？

ずけずけ聞くと、るかはうっすらと笑った。

伯母が泊まることになっていた小さな洋間に、るかを連れていった。連れていくといっても、狭いマンションの中だ。数歩歩いたところにあるはずなのだけれど、なかなか洋間にたどり着かない。

「あんた、魔法かなんか、使ってるの」

なんだかいらいらしたので腹立ちはんぶんに聞いたら、るかはうなずいた。

「はい。少し、使えます。たいしたことはないけれど」

ようやく洋間についたので、るかのかばんを広げた。下着と、Tシャツが数枚にパジャマ、それにぬいぐるみの人がたが一つ、入っていた。

「勉強道具がないよ」

「勉強は、しません」

ふうん、と言うと、るかは上目遣いであたしを見た。

「そういう目つき、しないで。感じ悪いから」

「下から見るとこういう目つきになるので、しょうがないんです」

るかは、人がたを出窓のところに置いた。風がガラスを鳴らした。


夜は、カレーにした。

子供に食べさせるものは、それしか思いつかなかったのだ（ほんとうは、オムライスとハンバーグも考えたけれど、面倒なので思いつかなかったことにした）。なんだか、気に障る子供だった。というか、そもそもあたしは子供が好きじゃない。じき四十歳になる今までの人生で、結婚は一回したけれど、その時も子供をさずかりたいとは一度も思わなかった。離婚したあとは、ずっと一人暮らしだ。新潟の父母も、もうほとんど連絡してこなくなっている。ただ萩原の伯母だけが、おりにふれて電話をしてくるのである。

夕飯が終わると、もう何もすることがなくなってしまった。

一人だったら、テレビを見たりパソコンを使ったりゆっくりお風呂に入ったり寝酒を飲んだり、いくらでもすることはあるのだけれど、るかがいるので、どうしていいかわからない。

「萩原とは、どういう関係なの」

聞いてみた。

「血のつながりが少しあります。分家の方の親類のあれで」

ちっとも説明になっていない。そんな薄そうな関係の子供が、なぜここにいるのだろう。

「……ここ、気持ちがいいです」

るかは、ぽつんと言った。

「なに、それ」

「空気が、きれい」

新潟の方が、よっぽど空気はきれいでしょうが。言い返すと、るかはうなずいた。

「はい。でも、ここもとっても、きれい」

きれい、と言われたので、ちょっといい気持ちになった。テレビ、見る？ 聞いたら、るかはこっくりした。けっこう遅くまであれこれ見て、それからお風呂に入った。るかのために出したバスタオルを後で見たら、全然ぬれていなかった。萩原の伯母も伯父も、そういえばバスタオルを使わない。お風呂から上がる時には、風呂場で使ったてぬぐいをかたくしぼり、体じゅうをしっかりふきとり、またしぼってはふきとり、していた。

上気した顔で、るかは床についた。電気全部消していい？　と聞くと、うなずいた。それから、ぎゅっと目をつぶった。

るかがやって来たのは、あたしの仕事と関係あるのかもしれない。

あたしは、表向きは「カウンセラー」という肩書きを持っている。けれど、いわゆる「カウンセラー」とは微妙にずれた相談ごとを引き受ける。

精神的に不安定だ、とか、いじめにあっている、とか、職場や学校のあれこれで鬱《うつ》状態になっている、などという相談は、あたしのところには来ない。

そのかわり、たとえば、妙な霊に取り憑《つ》かれている、とか、異世界と行き来できるようになってしまって困っている、とか、鳩《はと》の言葉が聞こえるようになってうるさい、などという人たちが、つてをたどってやって来るのだ。

「ねえ、あんたの魔法のこと、教えてよ」

翌朝、パンとヨーグルトの朝食をとりながら、聞いてみた。

「魔法は、たいしては使えません」

「でも、使えるんでしょう。萩原の伯父よりも上手?」

倒れて以来寝たきりになっている萩原の伯父は、変身魔法が少し使えるのだ。ねずみになったり、いのししになったり、隣村の村長さんになったり、してみてくれたことを覚えている。どの時も、五分くらいしか変身していられなかった。実用には役立たないよ。伯父は笑っていた。

伯父が倒れてから、何回か見舞いに行った。頭ははっきりしていて、ただ左半身の感覚がなくなってしまったので、ほとんど寝たきりになっている。このごろはいい車《くるま》椅子《いす》があるので助かるのだと伯母は言っていたけれど、ケアの人が来てくれていても、介護をしながらの生活は、楽ではないだろう。

伯父も伯母も、両親の縁の薄い人たちだ。伯父の母親は、伯父が子供のころ出入りの酒屋の若い者と出奔し、いっぽうの父親は、その以前から大阪に出て商売をしながら何人もの愛人を囲って新潟にはほとんど帰ってこなかったのだという。

伯父は、本家の女中たちに育てられた。そして、その女中のうちの一人の娘が、伯母だったのだ。伯母の母親は、若いころに夫を亡《な》くし、女手一つで伯母を育てながら萩原に女中として住みこんでいたのだけれど、こちらも伯母が成人する少し前に亡くなったという。

伯父と伯母は、どちらもとてもおだやかだ。そして、仲がいい。

「で、どんな魔法が使えるの」

るかに、もう一度聞いてみた。

「時間の流れを、変えること。あと、変身できます、ちょっとだけ」

小さな声で、るかは答えた。萩原の本家の裏手の森のことを、あたしは思い出した。よく風の吹く森だ。あたしはその森で、自分の力を知った。たいした力じゃないけれど、妙なできごとを、見たり解決したりする力。今日も風が強い。今年は稲の花はどんな具合だろう。

あたしのところに来て三日めに、るかはまた魔法を使った。

「ああ、残暑って、やだやだ。せめて、早く真夜中になってくれればいいのに」

何の気なしにあたしがそう言った次の瞬間、窓の外が暗くなっていた。

「やだ、何かした？」

るかは、上目遣いにうなずいた。

「だから、その目つき、やめて」

「下から見上げるんだから、しょうがないんです」

最初と同じように、るかは答えた。時計を見ると、一時だった。クーラーを消し、窓を開けてみた。ひんやりした空気が流れこんでくる。虫の音が聞こえる。

「真夜中になって、少し涼しくなったでしょう」

るかは言い、また上目遣いをした。

「涼しくなったけど、知らないうちに年をとった」

「たった半日じゃないですか」

「若いあんたには、わからないのよ」

るかは、黙ってしまった。冗談だから。あたしが言っても、黙ったままだった。

「機嫌悪くならないでよ」

「なってません。黙っただけです」

「なんで黙るのよ」

「いろんなことを、思い出していました」

「いろんなこと？」

「はい。いろんなことです」

るかは繰り返した。突然お腹《なか》がすいてきた。昼ご飯も夕飯も食べていなかったのだ。時間の流れは変わっても、同じようにお腹はすくのだとわかって、少しだけ愉快な気持ちになった。

るかが来て、五日たった。

最初の二日はカレーを食べ続けていたけれど、飽きたので、いつもの食事に戻した。るかが持ってきたモロヘイヤを、ただゆでただけのものとか、きゅうりのたたきとか、しょうがとかつぶしをかけただけの冷《ひ》や奴《やっこ》などを、るかはいやがるかと思っていたのだけれど、かえって喜んだ。

「仕事に行かなくて、いいんですか」

るかは聞いた。いいの。だいたいはメールですむから。そう答えると、るかはちょっと眉《まゆ》をひそめた。

「昔なら、メールみたいなものですますなんて、考えられなかったのに。パソコンは便利だけど、ほんの少しだけ、ひずみがきますよ」

妙なことを言う子供だ。昔、だなんて、いつのことを言っているのだろう。だけど、るかは時間の流れを変えることができるのだから、もしかすると過去へ飛ぶことも可能なのかもしれない。

「そんなことは、できません」

「あ、そう」

やっぱり、気に障る子供だ。人を見透かすようなことを言って。伯母にはあれから何度も電話をしているけれど、一度も通じない。

「いつまでいるの、あんた」

聞くと、るかはうつむいた。

出窓のところにるかが置いた人がたのぬいぐるみが、風を受けて床に落ちた。るかがやって来てから、ずっと風が強い。暑さも峠を越えたようなのでクーラーは止めて、毎日窓を開けるようになっていた。

「落ちた」

るかは、静かに言った。人がたは、あおむけになって、手足を大きく広げていた。目鼻はないのに、なんだかほっとした顔をしているように、感じられた。

伯父が亡くなったという知らせが来たのは、その夜のことだった。

「その人がた、伯父さんなの」

るかは、うなずいた。

「あなたに会いたいからと」

「言ってくれればすぐに萩原に行ったのに」

「死ぬところは、見なくてもいいそうです」

見なくてもいい、というのは、伯父らしい言いようである。そういう人だった。真《ま》面目《じめ》なのだけれど、深刻ぶることは嫌いだった。

るかと二人、その夜はずっと伯父のことを話した。あたしよりもずっと子供のくせに、伯父の人となりや考えていることを、るかはちゃんと知っていた。

明日は萩原に行くよ。お通夜《つや》やお葬式もあるし。あたしが言うと、るかは、うん、そうだね、と言った。ここに来て初めての、くだけた喋りかただった。

「悲しい？」

聞いたら、るかは首を横にふった。

「死ぬことは、悲しいことじゃないよ。忘れることの方が、ずっと悲しい」

あっ、と思った。るかのことが気に障ると思っていたのは、あたしの勘違いだったのだ。気に障るのではなく、不安だったのだ。るかの存在そのものが。

「もしかして、あんた」

るかの顔をじっと見ながら言うと、るかは静かにうなずいた。

「うん。死ぬ前に、親しい人たちに会っておきたくて。最後はおまえに会いたかったんだよ。おまえが心配でね」

るかの姿が、かき消えた。リュックも、手提げかばんも、何もかもが一緒に消えていた。ただ、ぬいぐるみの人がただけが、出窓にぽつんと横たわっていた。

葬式がすんでからも、やたらたくさんの人が弔問に来るので、伯母とゆっくり話す暇はなかなかなかった。初七日がすんだ後、ようやく伯母と二人さしむかいでお茶を飲むことができた。

「さみしくなるね」

伯母に言ったら、伯母はほほえんだ。

「さみしいけど、悲しくはないから、いいの。あの人も、そう言っていたでしょ。それより、もっとお父さんお母さんとちゃんと仲良くするのよ。今回だって、実家に泊まらずにここにずっといるんだから、もう」

「だって、苦手なんだもん。むこうもあたしのこと、怖がってるし」

あたしの持つ妙な能力を、父も母もずっと見ないようにしていた。伯父と伯母だけが、あたしのことを正面から見ていてくれたのだ。

るかは、近所の男の子なのだという。伯父の小さいころに少しだけ似ているそうだ。車椅子ではなく、思いきり体を動かしたい時に、ためしにるかに変身してみたら、伯父の若いころの姿などに変身するよりも、ずっとたやすくそして長く、変身できたのだと、伯母は言った。

「ねえ、あたしのところに来た、伯父さんが変身したるかは、時間の流れを変える魔法が使えたけど、伯父さんはいつ、時間の流れを変える魔法を使えるようになったの？」

「倒れてから、使えるようになったの。だからわたしたち、最後の方はすごく長く一緒にいたのよ。一時間が、一年間くらいに感じられるように、あの人が」

伯母と一緒に、森に行ってみた。いつもと同じように、風が強く吹いていた。魔法って、何なんだろうね。伯母に聞いたら、伯母は首をかしげた。わたしは魔法が使えないからね。わからないわ。

「伯母さんは、伯父さんの魔法が怖くなかったの？」

「ええ、全然」

人がたのぬいぐるみを、あたしは伯母に渡した。四十九日が来たら、お寺におさめると伯母は言った。伯父さん、何人の人を最後に訪ねたの、と聞くと、伯母は指を三本立てた。

「それだけ？」

「そうよ。大事な人なんて、そのくらいしかいないのよ」

風がまた、激しく吹いた。東京に帰ったら、もう少し外に出ようと思った。メールだけではなく、たまには対面で相談を受けてもいい、とも。本物のるかとは、萩原の本家を出たすぐの道ですれちがった。あ、と声をかけそうになって、我慢した。本物のるかは、あたしのことなど見向きもせずに、風のように走り去った。

お金は大切

はい、と差し出された金を、財布に入れたその瞬間の、自分の指先や、そそけた財布のいつもの開き具合や、店にかかっていた音楽のリズムは、今もはっきりと覚えている。けれど、肝心のその金のために、何をすればいいのか、そのことが、どうにもはっきりしなかった。

僕は、少しばかり困っていた。どうやら僕は、金で買われたらしいのだった。

金は、翔子《しょうこ》の知り合い（たぶん）だという、和田さんという女の子からもらった。たぶん、などという曖昧《あいまい》な言いかたをしたのには、わけがある。

翔子とは、少し前までつきあっていた。

最初は向こうからつきあってほしい、と言ってきたのだ。まあいいか、というくらいの軽い気持ちで会いはじめたら、僕の方もけっこう好きになってしまった。けれどやがて、翔子の方が僕から離れはじめた。メールの返事は遅くなり、会う頻度が減り、最後には、

「別れてほしい」

ときりだされた。ほかに好きな人ができたのだと、翔子は言った。

「僕の、どこがだめなの」

そう聞くと、翔子はしばらく考えてから、

「あたしのこと、ちゃんと見てくれない」

と答えた。

翔子のことは、何でも知っているつもりだったので、ショックだった。朝起きるとすぐに夢日記をつけることも、カレーには福神漬けではなくきゅうりのキューちゃんでなければだめなことも、カーテンは日が暮れてもしばらく閉めないと決めていることも、犬は耳の寝た種類が好きなことも、お腹がすくと饒舌《じょうぜつ》になることも、まぶたが感じやすいことも、全部ちゃんと承知しているのに、ちゃんと見てくれない、とは、どういうことだろう。

「じゃ、元気で」

翔子は言い残し、僕から去っていったのだった。

和田さんから連絡があったのは、翔子が去った翌月だった。

「和田といいます」というはじまりの手紙は、こんな内容だった。

「お伝えしたいことがあります。翔子さんとも、少し関係することです。月曜の夜七時半、大学の講堂の前で待っています　和田明子」

翔子に関係する、という言葉を読んで、僕は少し緊張した。翔子のことは、もう考えたくなかった。

それにしても、和田、という人物には、まったく覚えがなかった。

月曜の夜七時半に講堂前に行くと、髪の長い小柄な女の子が、ぽつねんと立っていた。毛糸の帽子を目深《まぶか》にかぶり、うつむいているので、表情はまったくわからない。

「あの」

思いきって話しかけると、女の子はじっと僕の顔を見返した。

不思議な顔の子だった。きれい、とか、きれいじゃない、とかいうのとは、ちょっと範疇《はんちゅう》が違う感じ。たとえば、草と人間をくらべることはできない。草がきれいなのかきれいじゃないのか、ひとくちには言えない。そういう感じで、その「和田」という女の子が、どんな風貌《ふうぼう》なのか、ひとくちには言えない、というような。

「和田さんですか」

聞くと、女の子はこっくりした。

「今日は来てくれて、ありがとう」

和田さんは、言った。そして、またまっすぐに僕の目を見つめた。僕は目をそらしてしまった。その視線が、あまりにまっすぐなので。

和田さんが、みぶるいをした。なるほど、寒い日だった。日が暮れて、講堂前は風も強くなってきていた。

「ここでずっと立って話すんですか」

僕は聞いた。腹も減っていたし、見知らぬ女の子と二人で暗い場所にいるのは、気が引けたのだ。

「何か、食べたいものはありますか」

和田さんは聞き返した。

「スパゲティナポリタンとか」

僕は反射的に返事した。

スパゲティナポリタンとか。和田さんは僕の言葉を口の中でクリアに繰り返した。

しばらくまたうつむき、それから決然と歩きだした。

大学から歩いて十分ほどのところにある小さな喫茶店に、和田さんは僕を連れていった。スパゲティナポリタンセットを二つ。和田さんは迷わず頼み、また僕の目をまっすぐに見つめ、

「コーヒーですか、紅茶ですか、ハーブティーですか」

と聞いた。

コ、コーヒーを。僕は口ごもった。

ナポリタンの麺《めん》はとても太かった。そして、とてもうまかった。和田さんは一言も口をきかず、きれいにスパゲティナポリタンを食べきった。ついているサラダも。翔子はいつも注文したものを必ず少しだけ残したし、サラダだってリーフレタスなんかの「敷きもの」にはまったく手をつけなかったので、僕はなんとなく目をうばわれた。

「おいしかったですか」

和田さんは、はきはきと聞いた。は、はい。僕はまた、口ごもった。コーヒーを飲み終えると、和田さんはおもむろに切りだした。

お金を払いますから、わたしと一晩、一緒に過ごして下さい、と。

え、と僕が聞き返すと、和田さんはふたたび、みぶるいした。喫茶店の中はじゅうぶんに暖かかったのだけれど。

「一晩、一緒に過ごして下さい。お金は払います」

さきほどと少しだけ違う語順で、同じことを、和田さんは繰り返した。

「それ、どういう意味」

「お願いします」

「翔子と関係あるの？」

「お願いします」

和田さんは説明しようとせず、ただ僕の目をじっと見たまま、繰り返しつづけた。

「セックスしたいの？」

冗談はんぶんに聞いてみた。和田さんは首を横にふった。あなたがしたいならしてもいいですけれど、わたしは特には。はきはきと答える。

「じゃあ、一晩、何するの」

「ただ一緒にいて下さい」

「どこで」

「あなたの部屋か、でなければ、ホテルでもいいです」

「君の部屋には、行っちゃだめなの」

少し意地悪い気持ちになって、訊《たず》ねた。化粧っけのない和田さんの白い肌を、僕はじっと眺めた。表情に、異常な感じはない。喋《しゃべ》りかただって、はきはきしているけれど、高圧的というわけではない。酔っ払ってもいないようだし、ぜんたいに清潔な雰囲気だし、女の子としてはごくまっとうに見える。

「だめです」

和田さんはきっぱりと答えた。

「お金、いくらくれるの」

かばんから、和田さんは茶封筒を取り出した。ふくらんでいる。

「はい」

和田さんはお札をひっぱり出し、僕に見せた。たくさんだった。ふくらみから予想はついていたけれど、思っていたのよりもずっとぶ厚い札束だった。反射的に、受け取った。あせって財布にしまい、顔をあげると、和田さんがまた僕のことをじっと見ていた。

「行きましょう」

和田さんは言った。会計も、和田さんがしてくれた。僕の部屋まで、僕と和田さんは、前うしろになって、ゆっくり歩いていった。

でも、いったい僕は何をすればいいんだろう。

お茶をいれながら、頭の中でめまぐるしく考えた。あれほどの金をもらうような、その、技量といおうか、人徳といおうか、ご利益《りやく》といおうか、まあ、そういうものは、はっきりいって僕にはない。

「テレビでも、見る？」

間が持たなくて、僕は和田さんに聞いた。さっきから和田さんは、部屋の隅に座って両膝《りょうひざ》を抱き、お茶をいれる僕をじっと見つめていたのだ。

「はい」

和田さんがすなおにうなずいたので、リモコンのスイッチを入れた。部屋の中が少し明るくなって、突然笑い声が響きわたる。

お茶をもってゆくと、和田さんはてのひらを広げて受け取った。

「お笑い、好き？」

「ふつうです」

「翔子は、好きだったよ」

「そうですか」

「翔子とは、友だちなの？」

「友だちではありません」

「じゃ、どういう関係なの。手紙には、翔子の名前出してたじゃない」

「お金だけの関係です」

へっ、と僕はまぬけな声を出した。お金。そうだ。和田さんがあらわれてから、やたらに登場頻度の多くなった「お金」。いったいどういうことなんだ。

「お金は、大切です」

和田さんはつぶやいた。

「そ、そりゃ、そうだね」

ずずっと、僕はお茶をすすった。薄い。和田さんも、茶碗《ちゃわん》に口をつけた。少し首をかしげ、

「薄いですね」

と言った。

それから一時間半ほどのあいだ、僕たちはテレビのバラエティー番組を、ものも言

わずに眺めていた。

和田さんが動きはじめたのは、夜中の十二時だった。

最初は和田さんに何かしてあげなければいけないのかと、いろいろ試してみていた僕だった。肩をもんであげてみたり、好きなマンガを貸してみたり、一緒にゲームをしてみようと試みたり、だじゃれを言ってみたり。けれど、和田さんは常にじっと僕を見つめるだけで、はかばかしい反応、というものを一つもしないのだった。

女の子って、いったい何をしたら喜ぶんだろう。僕は頭をかかえた。翔子と一緒にいる時って、何をしていたっけ。

考えはじめると、わからなくなった。翔子の顔も、うまく思い出せなかった。翔子と一緒にいた時の、僕の気持ちも。

「さあ、そろそろ、いいですか」

和田さんは言った。午前零時ぴったりに。

すでに疲れきっていた僕は、その言葉の意味もわからずに、ぼんやりうなずいた。

和田さんは、すっと立ち上がった。それから、床に置いてあったバッグからCDケースをひっぱり出し、部屋の隅にあるプレイヤーにCDをセットした。電源を入れ、スタートボタンを押した。ピアノの演奏が始まった。

和田さんは、僕に手をさしのべた。はあ？という表情でいると、和田さんはさしのべた手で僕の手をとり、立ち上がらせた。そのまま僕と向かい合って立ち、僕の腰に腕をまわした。和田さんの腕は、暖かかった。和田さんは、ぶるっと身をふるわせた。

「踊ります」

きっぱりと言い、和田さんはステップを踏みはじめた。

「ワルツです。ご一緒にどうぞ」

そうつづけ、和田さんは僕をリードしつつ、きれいなワルツステップで踊りはじめたのである。

気がつくと、五時間は踊っていた。踊るのは初めてだったが、和田さんの動きに少し合わせるだけで、すうっと簡単に踊ることができた。何曲か踊ると、疲れてきた。でも和田さんは、踊りやめなかった。CDが終わったところでやめになるだろうと思っていた。けれど和田さんは、知らぬ間にリピート機能をセットしていたらしかった。

最後の曲が終わると、ふたたびCDは最初の曲を奏《かな》ではじめた。

僕たちは、踊りに踊った。しだいに僕は和田さんと一体化してゆくような心もちになった。まるで、生まれた時から和田さんと踊りつづけていて、これから先もずっと踊ってゆくに違いない、というような。

体が熱かった。踊り疲れていたせいもあるけれど、それだけではなかった。今まで僕は、誰かを好きになったことがあったのだろうかと、踊りながら思った。踊りと愛とは関係ないじゃないかと、自分を嗤《わら》った。でも、思うことはやめられなかった。

最後には、もう足は一歩も動かないというくらい、疲れきった。それでも踊ることを、やめられなかった。赤い靴の物語の女の子は、こんな感じだったのだろうかと、ぼんやり思った。

そして、夜が明けた。

和田さんはプレイヤーを止めた。CDを取り出し、ケースにしまい、大切そうにかばんに入れた。最後にまた、ぶるっと身をふるわせ、静かに出ていった。

その日はずっと眠っていて、大学はさぼった。翌日講堂まで行って和田さんの姿を捜したけれど、もちろんいなかった。あちこちで聞いてまわったけれど、彼女のことを知っている学生は、一人も見つからなかった。

しまいには、翔子にも電話してみた。

「和田？　知らない」

というのが、翔子の返事だった。

年が明け、四年生になり、やがて卒業し、就職した。それからさらに、十年が過ぎた。

和田さんのことは、誰にも喋らなかった。その後も、恋らしきものは何回かしてきたけれど、終わってみれば、どれも翔子の時と同じような、半端《はんぱ》なものだったとわかる。

三十歳になり、四十歳になり、それでも僕はまだちゃんとした恋愛を経験していなかった。ある日、打ち合わせの帰りに昼食をとろうと歩いていると、古い喫茶店を見つけた。入ると、カウンターにかかった小さな黒板に、「スパゲティナポリタンセットサラダ・ドリンク付き」とあった。何かを思い出しかけたような気がしたけれど、思い出せなかった。

「スパゲティナポリタンセットお願いします」

と言うと、「コーヒーですか、紅茶ですか、ハーブティーですか」と聞かれた。コーヒーお願いします、と答えた瞬間に、思い出した。

ここは、和田さんと来た喫茶店だった。

どきどきしながら、ナポリタンをたいらげた。コーヒーを飲み終え、しばらく待ったけれど、何も起こらなかった。お客は僕のほかは誰もおらず、マスターは新聞を広げている。

「会計お願いします」

そう言うと、マスターはレジの前に立った。それから、低い声で、

「十二万円です」

と言った。

驚いてマスターを見ると、にこやかに笑っている。冗談か、と思って次の言葉を待ったが、黙ったまま、ただにこやかに立っている。

「十二万って」

聞くと、マスターはほほえみを深くした。

「恋愛、できないんでしょう」

「えっ」

「和田さんからもらった十二万円を返さないかぎり、あなた、恋愛は一生できませんよ」

僕はマスターを見返した。マスターは、二十年以上前の、あの夜の和田さんそっくりの目で、僕の目をじっと見つめていた。それから、これも和田さんそっくりに、ぶるっと体をふるわせた。全然寒い日ではなかったにもかかわらず。

「あの金は、そうだ、十二万円でしたね」

僕はつぶやいた。はい、とマスターは慇懃《いんぎん》に答えた。

いったい僕はあの金を、何に使ったのだったか。まったく覚えていなかった。というよりも、たぶんわざと忘れたのだ。

「払わなければ、ほんとうに、恋愛はできないんですか」

「はい」

マスターはきっぱりと答えた。

「払ったら」

「できるでしょうね」

「でも、いったい、どうして」

マスターはしばらく黙っていた。そして一言だけ、

「お金は、大切です」

と言った。

僕は目を閉じた。和田さんのあの夜の腕の暖かみが、突然あざやかによみがえってきた。ワルツステップを踏んだ時の心地よさも。

僕は決断した。

「払いません」

いったいあれは、何だったんだろうと、その後も僕はしばしば考える。もちろん喫茶店には、ふたたび行ってみようとした。けれど予想どおり、喫茶店はなかった。恋愛は、いまだにちゃんとしたことがない。呪《のろ》い？　と、僕はつぶやく。そうかもしれない。でもいったい、誰が何のためにかけた。

最近、僕はダンスを習いはじめた。まだ初歩のステップもうまく踏めないけれど。翔子はどうしているだろうかと、ときどき思う。どうか幸せに生きていてほしい。僕にかけられた呪いを、僕は存外気に入っているのかもしれない。今度あの喫茶店にたどりつくことができたなら、セットはコーヒーではなく、ハーブティーで頼もうと決めている。

ルル秋桜《こすもす》

深緑色の缶の、ふたをあけると、幾人もの死体が入っている。

もちろん、ほんものの死体ではない。雑誌や、新聞や、広告から切り抜いた、いろんな大きさの死体だ。

あたしは、全員に名前をつけている。ありさ。トメ。ビリーに、ラビニア。和彦と、晴樹。洋子。中沢。おっさん。

いちばん古くからある死体は、洋子だ。どの死体も、とってもきれいな顔をしている。

一度だけ、みのりに缶のなかみを覗《のぞ》かれたことがある。

「なにそれ」

みのりは、目をむいた。

「べつに」

と、あたしは答えたけれど、ちょっと動揺していた。みのりに、この死体たちの美しさがわかるわけがないのだ。説明することはもちろん、ちらっと見られることさえ、たまらなかった。

「みんな、眠ってる。こわいー」

眠っているのではなく、死んでいるのだと、危うくあたしは口にするところだった。でも、すんでのところで我慢した。

「たまたまよ」

どうしてこんな言い訳をしなきゃいけないんだろうといらいらしながら、あたしは言った。みのりは、肩をすくめた。いつだって、みのりはあたしをばかにする。たった一つしか年上じゃないくせに。

「ほんと、変わってる、ひとみって。寝ている人たち集めて、どうするっていうの」

たしかに、切り抜きの人たちは死体なんかじゃなく、ただの目をつぶっている人たちだ。でも、あたしにとっては、この人たちは完璧《かんぺき》な死体なのだ。

ラビニアの死体が、あたしはいちばん好きだ。しわのよった首すじや腕に、そばかすがいっぱい散っている。まぶたは薄くて、まつげはふさふさしている。歳《とし》は、たぶんおばあちゃまと同じくらい。紫色の花のプリントされたワンピースを着て、真珠のピアスをつけている。

こんな死体に、あたしもいつか、なりたい。


みのりには、たくさん友だちがいるけれど、あたしの友だちはたった一人だ。お隣の、隼人《はやと》くん。おないどしで、生まれた時からあたしと隼人くんは一緒だった。手をつないで登校し、一年生の時はクラスも同じだった。お母さんが働いている隼人くんは、学童保育のあと、まだお母さんが帰っていない時はいつもうちに来る。二年生以降はクラスが別になったけれど、家ではずっと一緒に遊んでいる。

隼人くんは、目が薄茶色だ。髪の毛の色も薄茶色で、手足はひょろひょろと長い。隼人くんのお父さんは、外国の人なのだ。お母さんとずいぶん前に離婚して、今は遠くに住んでいるという。隼人くんは釣りが好きだ。お休みの日になると、お母さんとその恋人（隼人くんのお母さんの恋人は、しょっちゅう変わるのだけれど）と三人で、電車に乗って遠くの川まで出かけてゆく。時には、海にも。

あたしも一回だけ、連れていってもらったことがある。その時は、海釣りだった。

海は海くさかった。

「くさいね」

と言うと、隼人くんは笑った。隼人くんはアジを何匹も釣りあげ、あたしは一匹だけ、クサフグを釣った。

「それ、すごい毒をもってるんだよ」

隼人くんが言ったので、嬉《うれ》しくなった。毒をもつものを、あたしは生まれてはじめて、この目で見たのだった。

学校では、静かにしている。

わかる人は、手をあげて。先生がそう言う時も、あたしは手をあげない。さされた時だけ、小さな声で答える。

成績は、中くらいだ。テストはそんなに悪くないのだけれど、忘れものが多い。ランドセルに、翌日の時間割のものを入れる時、あたしはぼんやりしてしまうのだ。缶の中の死体たちのことを考えはじめてしまったり、学校からの帰り道でみつけた犬のふん（金色のハエがたかっていて、とってもきれいだった）のことを思い出してしまったり、ごうもんのことをうっとりと思ってしまったり。

ごうもんのことは、二年生の時に知った。お父さんの本棚の中に、ごうもんの本はあったのだ。中世のごうもんの道具や、ごうもんのしかたが、いっぱい図入りで説明してある。ごうもんを受けるのは痛そうだけれど、空想の中でごうもんのことを考えるのなら、大丈夫だ。

あたしは、隼人くんにだけ、こっそりごうもんの本を見せてあげた。

「かっこいい」

と、隼人くんは言った。かっこいい、というのとは、ちょっと違うとあたしは思った。でも、もしみのりなどに見せたら、キモい、だの、へんたい、だのとまたあたしをばかにするに決まっているから、それにくらべればずっとちゃんとした反応だ。

缶の中の死体のうち、ごうもんで死んだのは、きっと和彦だ。あと、もしかすると、トメも。

二人のために、あたしはお祈りをささげた。どうぞあなたたちの魂が、さまよわずに天国に行けますように。

あたしは、自分のお母さんが、あんまり好きじゃない。そのことを、ちょっとだけ、悩んでいる。

お母さんは、歌がとっても上手だ。お台所に立って、あたしの知らない歌をいつもきれいな声でうたっている。包丁の、とんとんとん、という音が、お母さんの歌の伴奏だ。

食事のしたくができると、お母さんはそのきれいな声で、

「みのり、ひとみ、ごはんよ」

と呼ぶ。

みのりは、せっせとお母さんの手伝いをする。おはしを並べたり、お母さんが作って冷蔵庫で冷やしてある麦茶をコップについだり(お母さんはみのりとあたしに絶対にジュースやコーラを飲ませてくれない)、ごはん茶碗を出したり、お母さんがよそってくれたお味噌汁《みそしる》をそろそろ食卓に運んだり。

あたしはみのりが働くのを、じっと見ている。

「ひとみも、もうじき五年生になるんだから、少しはみのりを見習っておぜんのしたくぐらいしなさい」

お母さんは、明るく言う。お母さんはどうして家の中でもお化粧をしているんだろうと、あたしは不思議に思う。

かゆくないのかな。

みのりは、ときどきお母さんの口紅やマスカラをこっそり持ってきて、お化粧してみている。

「どう、きれいでしょ」

へんなポーズをつけて、みのりは聞く。たしかにみのりは、きれいだ。男の子たちは、みのりが大好きだ。そして、女の子たちも。

「みのりちゃんは、お母さんにそっくりね」

いろんな人たちが言う。あたしは、お母さんにもお父さんにも似ていない。死んだおじいちゃまに似ているそうだ。おじいちゃまの写真を、あたしはおばあちゃまに見せてもらった。鼻が高くて、口の大きい男の人だった。

「ひとみちゃんが生まれる少し前に死んだのよ。少し変わった人だったわ」

おばあちゃまは、ため息をついた。

「ひとみちゃんは、顔だけじゃなく、性質もおじいちゃまに似たのかもしれないわね」

おじいちゃまの様子が、あたしは気に入った。缶の中の晴樹にも、ちょっと似ているし。

このごろ隼人くんは、あたしとあまり遊ばない。サッカーを始めたからだ。

「ほんとは、サッカーなんて全然やりたくない」

隼人くんは、打ち明けた。でも、隼人くんのお母さんの新しい恋人が、元サッカー選手なので、しかたがないのだ。

「男は、きたえないと、だめなんだって」

隼人くんは、いやそうに言った。きたえたら、ごうもんにも耐えられるかな。あたしが聞くと、隼人くんは首をかしげた。

「ごうもんとサッカーは、ちがうジャンルじゃないのかな」

たしかに、そうだ。

隼人くんがサッカーを始めたのと同じころ、あたしは絵画教室に通い始めた。ピアノも、バレエも、みのりはずっと続けているけれど、あたしはすぐにやめてしまった。

「ひとみは、そういう方面の才能が、全然ないのかしら」

お母さんは顔をくもらせて言っていた。あたしはピアノが嫌いなのでも、バレエがいやなのでもなかったのだ。ただ、あたしがしたいことをすると、先生たちが怒るので、居づらくなっただけなのだ。

「芸術は、人生を豊かにするものなのになあ」

お父さんも、困ったように言った。そばでみのりが聞いていて、あたしに向かって嬉しそうに顔をしかめてみせた。芸術って、いったい何だろうと、あたしはぼんやり思っていた。

絵画教室に行くことに決めたのは、お母さんだ。バスに乗って十五分ほどのところにある、緑色の屋根のおうち。お母さんの知り合いの料理研究家だというおばあさんが、紹介してくれたらしい。

きっとまた、先生は怒るんだろうな。お母さんに連れられて乗ったバスの中で、あたしは小さくため息をついた。

でも、ちがった。

絵画教室を、あたしはすぐに、好きになった。

先生は、ぜんぜん怒らなかった。それどころか、あたしが自分のしたいことをしていると、喜んでくれた。

「ひとみちゃんは、いい感じだよねえ」

先生は言った。先生っていう人たちは、「ですよ」とか「なさい」とか「いけません」とかいう言葉づかいしかしないと思っていたあたしは、びっくりした。

「先生は、あたしの友だちなの？」

「友だちになりたい？」

先生は聞き返した。あたしはしばらく考えてみた。隼人くん一人だった友だちが、もう一人増えるって、どうだろうか。

「なりたい」

あたしは答えた。

「それじゃあ、先生じゃなくて、杏子《あんこ》ちゃん、って呼んでいいよ」

先生、もとい、杏子ちゃんは言った。あたしは杏子ちゃんと一緒に、モザイクを作ることになった。大きな死体のモザイクだ。教室には、あたしのほかには、生徒は誰もいない。

「みんな、すぐにやめちゃうのよ」

杏子ちゃんは笑った。

みのりが、このごろあたしに意地悪をする。

ほんとうは、前からひそかにみのりはあたしをいじめてるんじゃないかと思っていたのだけれど、確信がもてなかったのだ。

「それは意地悪だと思うよ」

杏子ちゃんが教えてくれた。

この前の日曜日、みのりはあたしの緑色の缶をお母さんとお父さんの前に持っていって、中に入っていた死体たちをわざと床にぶちまけたのだ。

「やっぱり意地悪だったのか」

あたしはうなずいた。

「でも、どうしてみのりはあたしに意地悪するんだろう」

「そういう生まれつきの人なのよ」

杏子ちゃんは、おごそかに答えた。あたしは感心した。

「生まれつきの人、って、いい言葉だね。どうして杏子ちゃんは、そういうことがよくわかるの？」

「ううん、あたしもそういうことには、うといの。でも、修三《しゅうぞう》ちゃんていうゲイの友だちが助言してくれるのよ」

ゲイ。はじめて聞く言葉だ。

「自分と同じ性別の人しか好きにならない生まれつきの人のことをいうのよ」

あたしはさっきより、もっと感心した。生まれつきの人って、ほんとうにいい言葉だ。それならあたしは、生まれつき死体が好きな人なのだ。

「どうして死体が好きなの？」

杏子ちゃんは聞いた。

「静かで、悲しそうだから」

あたしがそう答えると、杏子ちゃんは目を閉じた。五分ほど、杏子ちゃんは目を閉じてじっと考えていた。その間、あたしはモザイクに使う卵の殻をくだいた。やがて、杏子ちゃんはつぶやいた。

「こんど、見せて。緑の缶の中の死体」

これが、ありさ。これは、ビリー。こっちが、中沢。

あたしは、ていねいに死体たちを並べていった。杏子ちゃんは真面目《まじめ》な顔で見ている。

「ちゃんとラミネート加工してあるんだね」

「うん、お父さんがパウチラミネーターを持ってるの」

この男が、あたしは好き。そう言って、杏子ちゃんはおっさんを指さした。

あたしは嬉しくなった。それで、なんだか安心して、杏子ちゃんにごうもんの話もしてみた。

モザイクは、杏子ちゃんは、うんうんうなずきながら、聞いてくれた。

少し足ぶみ中だ。三分の一くらい出来てきている。卵の殻が足りなくなったので、今は、お母さんにも、隼人くんのお母さんにも、あたしは卵の殻を捨てないでとっておいてくれるように頼んでいる。

「でも、みのりが時々、捨てちゃうんだ」

あたしは杏子ちゃんに言いつけた。

「やっぱり、意地悪な生まれつきだね。そして、ちゃんとその筋を通してるね、えらいよ」

杏子ちゃんは言った。杏子ちゃんがみのりをほめたような気がして、あたしはちょっとだけ、いやな気持ちになった。でも、すぐにいやな気持ちになったことを、反省した。

緑色の缶が、なくなった。

誰にもわからない秘密の場所に、隠しておいたのに。三年前に死んだ、猫のソラの使っていた古い毛布の中。たたまれた毛布にこっそりおしこんでおいた緑色の缶を、出そうとしてさぐってみたけれど、毛布の中はもぬけの殻だったのだ。

みのりに聞いてみたけれど、知らない、というそっけない返事がきただけだった。

隼人くんにも、相談してみた。隼人くんは心配してくれた。

「夜は寒いし、缶の中の死体たち、凍えないかな」

「死体だから、大丈夫」

「そういえば、そうだね」

隼人くんは、サッカーの練習を休んで、一緒に緑色の缶を探してくれた。でも、みつからなかった。あたしは泣きそうだったけれど、我慢した。みのりにつけこまれるから。

夕飯は、ほとんど喉《のど》を通らなかった。風邪かしら。寝る前に、ちゃんとうがいをするのよ。お母さんは言った。みのりは、残さず全部ご飯を食べていた。いつもはしない、おかわりまでしていた。

缶は、みつかった。

みのりの机のひきだしの中にあった。

「なんで」

あたしは聞いた。

「そっちこそ、なんであたしの机の中勝手に見てるの」

みのりは言い返した。

あたしはみのりの頬をぶった。みのりは、もっと強くぶち返した。つかみあいになった。みのりの爪《つめ》にひっかかれて、あたしは血を流した。あたしのパンチやキックは、ぜんぜん入らなかった。でも、みのりの方が先に泣き出した。ひとみがひどいのー。みのりは家じゅうに響きわたる声で叫んだ。

すぐにお母さんがやってきて、あたしはものすごく叱《しか》られた。みのりが悪いのに。あたしは言ったけれど、お母さんは首を横にふった。そんな気持ちの悪いものを集めてるから、お姉ちゃんは心配したのよ。捨てちゃいなさい、緑色の缶は。

あたしは絶望した。絶望、という言葉は、少し前に杏子ちゃんから教わっていた。人生には、絶望する時が必ず何回かやってくるのだそうだ。もしその言葉を知らなかったら、きっとあたしは、みのりの意地悪や、お母さんがぜんぜんあたしのことをわかってくれないことに、耐えられなかっただろうと思う。

緑色の缶は、杏子ちゃんに預けることにした。

「子供は、大変だね」

杏子ちゃんは言う。

「大人は、大変じゃないの？」

「大変さが、ちょっと違う」

「ほんとう？」

いや、やっぱり同じかも。杏子ちゃんは笑った。

「ねえ、正義は勝つと思う？」

杏子ちゃんが聞いた。

「思わない」

「じゃあ、愛は勝つと思う？」

「思わない」

「死体、いいのがあったら、あたしも切り抜いてみるね」

杏子ちゃんのその言葉に、あたしはほんの少しだけ、なぐさめられる。でも、杏子ちゃんの切り抜いた死体が気に入るかどうかは、わからない。

「もしだめな死体だったら、断っても、いい？」

あたしは聞いた。いいよ、と杏子ちゃんは答えた。それで、あたしはもう少しだけ、なぐさめられた。隼人くんのお母さんがスペインふうオムレツをどっさり作ったので、先週はたくさん卵の殻をもらった。モザイクの死体は、半分くらいまで出来あがっている。まだこの先の人生は長いんだなあと、あたしはぼんやり思う。絶望は、あといったい何回くらいやってくるんだろう。でもまあいい。昨日、死体がもう一人増えたのだ。名前は、ルル秋桜《こすもす》。

「へんな名前」

杏子ちゃんは大笑いして、あたしを少しだけ、抱きしめてくれた。

憎い二人

行きの新幹線の中から、わたしはその二人づれに注目していた。ななめうしろの席に、二人は座っていた。上野を過ぎると、テーブルをセットし、二人は神妙な顔で駅弁とお茶を取り出した。片方は「チキン弁当」、もう片方は「牛肉どまん中」である。

包みを開き、箸袋《はしぶくろ》から箸を出し、ぱきんときれいに割ると、二人はそろって頭をさげ、

「いただきます」と言った。

ちょうど同じ速さで、二人は弁当を食べていった。「チキン弁当」の方の、チキンライスがちょうど半分、鶏《とり》の唐揚げも半分になったころ、「牛肉どまん中」の方も、牛そぼろ部分と牛肉煮部分がきれいに半分に減っていた。つけあわせの煮物と漬け物

も、きっちり半分になっている。

二人は、手を休めた。それから、おもむろに互いの折り箱を交換し、それぞれのテーブルの上に移しかえた。

「いただきます」二人はまた小さく言い、ふたたび弁当にかかった。

食べ終わるのも、ほぼ一緒だった。空になった弁当箱をつぶし、ポリ袋にしまい、二人同時にお茶のボトルのふたを切り、同じ角度で首をあげ、半分くらいまで一気に飲んだ。

最初に「チキン弁当」を食べていたのが、三十を少し出たくらいの年ごろの、眼鏡をかけた男、「牛肉どまん中」の方は、四十は過ぎているだろうか、カーキ色の上着を身につけた、目つきの鋭い男である。

駅が近づいてきたので、降りる支度をした。コートをはおり、薄手のマフラーを巻き、棚からかばんをおろして、手に持つ。

ほんとうは、金曜日に有休をとって、大学時代のサークル友だち三人で旅に出るはずだった。けれど、課の強力なお局《つぼね》、通称「リッパ」が、どうしても週末までに終えなければならない仕事をふってきたのだ。結局有休はとれず、昨日からひとあし先に温泉に泊まっている二人を追って、土曜日の今日、こうして一人で新幹線に乗ったという次第だ。

ホームに新幹線がすべりこみ、わたしはデッキから降りたった。階段の手前で、弁当の二人づれも同じ駅で降りたことに気がついた。

ちらりとうしろを振り返ってみる。四十年配の方は、手ぶらである。モッズコートのポケットに手をつっこみ、すたすたと歩いてくる。若い眼鏡の方は、小さなショルダーバッグをさげている。眼鏡の着ているスカジャンには、不思議な幾何学模様がプリントされているけれど、何の模様だかは、わからない。

「バスにします、それともタクシー？」改札を出たところで、眼鏡が四十年配に聞いた。

「いや、歩いていこう」四十年配は答えた。

「えっ、でもバスで一時間かかるんですよ」

「歩かないの？　軟弱だなあ」四十年配は、不本意そうだ。

結局、二人はわたしと同じバスに乗りこんだ。二人とも、五分もたたないうちに眠りこんだ。バスが揺れるたびに、二人の頭が同じ方向に傾くのを、わたしはすぐうしろの席で、ずっと眺めていた。

バスが終点に着く直前に、二人は突然眼を覚ました。

「夢、見ました」眼鏡の若い方が、つぶやいている。

「どんな夢」

「ゾンビになって人を襲ってました」

「ゾンビになるって、どんな気持ち」

「けっこう、楽しかったです。ばあさん一人と犬五匹を、ゾンビにしました」

喋《しゃべ》りながら、二人はバスから降りた。わたしも続いて、降りる。そのままバス停の横手にある旅館案内板へと、二人は歩いていった。わたしも、ついてゆく。

「これだな」四十年配が指さしているのは、わたしが泊まることになっている旅館だった。そのまま、並ぶようにして、わたしは二人づれと共に歩いていった。

旅館には、数十メートルも歩かないうちに着いた。いらっしゃいませ、という声に迎えられ、わたしたちは三人一緒に玄関にたたずんだ。

「くみちゃーん」玄関近くで待機してくれていたらしいマコちんとすずが、走りでてくる。

「よく来たね」マコちんが、わたしを抱きしめた。ほんとうは、わたしは女どうしのスキンシップは、少し不得意なのだ。けれど、同じように返さないと、友だちとはうまくいかないから、我慢してわたしもマコちんを抱きかえす。

眼鏡と四十年配が、ぼんやりした顔で、わたしたちのことを見ている。お部屋、ご案内いたします。宿の人が、二人の前に立った。二人はおとなしく宿の人についていった。

突然、眼鏡のスカジャンの模様が、何だかわかった。あれは、ナスカの地上絵だ。

温泉に入ったり、化粧品のしなさだめをしあったり、最近見つけたおいしいスイーツの話をしたりして、午後はだらだら過ごした。温泉は、透き通ったきれいなお湯だった。

「とろとろ系は、ちょっと苦手なんだ、あたし」マコちんが言う。

「でも、とろとろ系の方が、お肌によさそうじゃない？」

「関係ないよ、温泉なら全部お肌にいいんだよ」マコちんは断言した。べつに可笑《おか》しくなかったけれど、わたしたちはなんとなく声をそろえて笑う。

「あたしたち、もうすぐ三十歳だよ。どうする」

「結婚、したいな」言いあいながら、マコちんとすずはそろって足をお湯の中からまっすぐ突きだした。

「シンクロナイズドスイミング！」

「必ず誰かがやるよね、それ」

「でも、小学生どまりだよ、ふつう」

わたしたちはまた、笑った。声がよく反響する。ほかにお客はいなかったので、盛大に平泳ぎをしたり、お湯をかけあったりした。最後は、長くお湯につかっていられる競争をして、マコちんが勝った。

「昨日も、シンクロナイズドスイミングとか、した？」聞いてみたら、マコちんもすずも、首を横にふった。

「二人きりじゃ、盛り上がらないから、しない」

それもそうだね。答えながら、眼鏡と四十年配の二人づれのことを、わたしは思いだしていた。なぜだか、彼らなら二人きりでも、シンクロナイズドスイミングでも平泳ぎでも、平然とおこなうように思えた。

せっかく温泉に来たんだから、観光もしようよ、というすずの提案で、わたしたちは夕暮れ近い温泉町を歩きまわってみることにした。

「地獄、とかいう場所があるみたいだよ」すずは、宿の帳場からとってきた町のマップを広げながら言った。

「地獄」は、たくさんの石が積まれている不思議な場所だった。硫黄《いおう》の匂《にお》いが強かった。煙も、ところどころから吹きだしている。

「うちのお局のリッパに、この硫黄くさい煙を吹きつけてやりたい」

「煙の風向きや量によっては、警報が出て、その時に立ち入ると死ぬって、看板に書いてあるよ」すずが教えてくれた。

「死んじゃったら、後味わるいな」

「でもあたし、ときどき会社のいやな女たちが、ほんとに死んじゃえばいいと思うことがある」マコちんが、真面目な顔で言う。死んじゃえばいい、という言葉に、ひやりとした。もちろん顔には出さなかったけれど。

「そんなにいやな女が多いの？」すずが聞いている。

「なんか、バブルの勘違い女とか、あと、入ったばっかりの、自分の若さの役得を知り尽くしてる女とか、腹たつ女が、このごろたくさんいて」

「そういえば、くみちゃんのところのリッパって、どうしてリッパっていうの」

「立派っぽいから」

あははは、とマコちんが笑った。それから、少し疲れたような顔で、

「なんで会社なんか勤めなきゃならないんだろう。いつまでも学生でいて、おないどしの子たちと遊んでたかった」とつぶやいた。

煙が風を受けて、山の方に流されてゆく。リッパは今ごろ何をして過ごしているんだろう。リッパにも、友だちがいて、こんなふうに笑いあったりするのだろうか。


「夕飯は、コシアブラの間だよ」すずが言う。

「コシアブラって、なに」わたしが聞くと、

「山菜の名前」と、すずは答えた。

「よく知ってるね」

「昨日、旅館の人におそわった」

コシアブラの間は、居酒屋のようなつくりだった。ふつうの旅館の食堂のように、テーブルが少しずつ離れて配置されているのではなく、コの字形の長いカウンターがまんなかにあり、その両側に掘りごたつ式の小上《こあ》がりがいくつもあるのだ。カウンターの横にはビールのサーバーが設置され、カウンターの中では炉端焼きの炭火が赤く熾《おこ》っている。

「うん、だからこの旅館を選んだんだ」幹事のすずは、得意そうだ。前菜・刺身・山菜てんぷら・ごはんと山菜汁、デザートが基本コースになっていて、それに加えて好きな数品を自由に注文することができるのだという。

「面白いね」

「昨日は何頼んだの」

「ヤマメ焼きと、豚トロステーキと、バナナパフェ」

バナナパフェ？ びっくりして聞き返すと、すずはまた得意そうにうなずいた。

「そう、ここの旅館、デザートに力入れてるの。コースのデザートはわらび餅《もち》なんだけど、もっと食べたければいろいろあるのよ」

ダイエットしているから、そんなに食べたくないな、と思ったけれど、口には出さなかった。それじゃ、突撃しなきゃね。わたしが言うと、マコちんとすずは、わっと声をあげた。まわりの泊まり客たちが、わたしたちに一瞬注目する。

カウンターの向かい側に、新幹線の二人づれがいることに、さっきからわたしは気づいていた。二人はわたしたちのことなど見向きもしないで、熱心に食べている。眼鏡の前には生ビールのジョッキ、四十年配の前には、日本酒のとっくりが、置かれていた。

少し、酔っぱらった。

すずが、数ヶ月前に別れたけれど、今もまだ未練のある男の話を繰り返し愚痴りはじめ、マコちゃんの会社の女たちの悪口がグレードアップしてゆく。

カウンターには、もうほとんどお客がいなくなっていた。もともと、家族づれは掘りごたつの小上がりの方に座っていたし、カウンターのわたしたちのすぐそばに座っていた、わたしたちより少しだけ若い女の二人づれや、もっと年のいったおばさん二人は、早々に食べ終えて部屋に戻っていったようだった。

「もうすぐ三十歳だっていうのに、毎日がぜんぜん充実してないんだよ、あたし。困る」何回目になるだろう、マコちゃんの「もうすぐ三十歳」のぼやきが繰り返されている。

わたしはマコちゃんとすずとの会話にちょっと疲れて、向かいに座っているあの二人づれを見ていた。

二人は、ひたすら山菜関係のものを注文しつづけている。うるいのぬた。のびる味噌。こごみの胡麻《ごま》あえ。行者《ぎょうじゃ》ニンニクの酢のもの。ふきと鯛《たい》の子のたきあわせ。ものも言わずに、二人は注文したものをたいらげてゆく。ほんの時たま、眼鏡の方が四十年配に、小声で何かを言っている。四十年配はそのたびに、うんうんとうなずいたり、反対に首を横にふったりしている。

「あの二人、よく食べるね」小声でわたしが言うと、すずは小声で、そう？　と、興味なさそうに返した。

わたしたちは、チョコレートムースとジャージー牛乳プリンといちごフラッペを目の前にしていた。少しずつ、それぞれの前にあるものをスプーンですくい、かわるがわる味わってゆく。

「それ、うまいですか」突然、四十年配の方が顔をあげて、聞いた。

わたしたちは、一瞬黙った。

「うまくないんですか」四十年配は、かさねて聞いた。

「おいしいですよ」しばらくしてから、マコちんが答えた。声が、平板だ。もうこれ以上話しかけないでください。そういうオーラが、マコちんの体全体から発散されている。

「じゃ、おれたちも、食うか」そう言うなり、四十年配はジャージー牛乳プリンとチョコレートムースを注文した。眼鏡の方は、期待に満ちた顔で、調理場の奥を眺めている。

それっきり、もう四十年配がわたしたちに話しかけることはなかった。じきに、わたしたちは部屋に引き上げた。

もう一回くらい温泉につかって、それでテレビのバラエティーでも見ながら、まただらだらしない？　と提案したら、マコちんが異議をとなえた。

「まだ夜は長いよ」

夜の町に繰り出さなきゃ、とマコちんは主張した。面倒だな、と思った。でも、反対はしなかった。夜の温泉町は、寒かった。店はたいがいしまっていて、少しはずれの方にある小路のスナック二軒だけが、開いていた。

「あけみ」と「ボンゴレ」の、どちらにするか、わたしたちはこそこそ話しあった。なかなか決まらず、最後にマコちんが、

「ボンゴレ。パスタだから」と、よくわからない理由で決断した。

ドアをあけたとたんに、あっ、という声をだしてしまった。あの二人が、いたのだ。眼鏡と、四十年配。二人の前には、生ビールの大きなジョッキが置いてある。何か（たぶん、たらの芽のてんぷら）を盛ったお皿も。

二人からできるだけ離れた席に、わたしたちは座った。

「一杯飲んだら、帰ろう」すずがささやいた。でも、とわたしは思っていた。喋ってみたい。あの二人と。べつに男として興味あるとかじゃなく、なんだか、自分の知らないことを知ることができるような、予感があったから。

「ハイボール、三つ」マコちゃんが早口で注文した。寒いから、お燗《かん》をつけた日本酒がいいのにな、と思ったけれど、もちろん口には出さなかった。

夜は更《ふ》け、わたしたちはまだ「ボンゴレ」にいた。

最初に話しかけたのは、どちらからだったか。

いつの間にか、離れて座っていた眼鏡と四十年配がすぐ隣にきて（わたしたちの方がむこうに近づいていったのかもしれない）、そのうちに、わたしとマコちゃんの間に四十年配、マコちゃんとすずの間には眼鏡がはさまれるように位置をかえていた。

「ねえ、あなたたち、ゲイカップルなの」マコちゃんが聞いている。

「失礼な女だな」四十年配が、笑いながら答えた。

「なんで失礼なの。失礼って言う方が、ゲイの人たちに対して失礼なんじゃないの」マコちゃんが、からむ。

「ちがうだろ。あなたたち寝てる仲ですか、とか、男女の二人連れにだって、聞かないだろ」

四十年配のその言葉に、なるほどー、とマコちんは感心したようにうなずき、また聞いた。

「そりゃもっとも。で、あなたたち、恋人なの？」

眼鏡が、ふきだす。

「ぼくたち、友だちです」眼鏡が言った。

友だち？　わたしたちは声をそろえて聞き返した。

「ずいぶん年が離れてるじゃない」すずが言う。

「年が離れてると、友だちにはなれないっていうのか？　それじゃ、今はやりの年の差カップルとかは、どうするんだ」四十年配が言い返す。

「あれ、やっぱりあなたたち、ゲイカップルなんだ？」と、マコちん。

「ちがう、友だち」眼鏡が、憤然とした口調で繰り返した。

「ていうか、カップルなら、年の差があっても大丈夫なんだと思う。友だちは、年の差があると、だめだと思わない？」すずが、首をかしげながら、言う。

「ずいぶん狭い料簡《りょうけん》の女たちだなあ」四十年配は、すずとマコちんとわたしをかわるがわる見ながら、肩をすくめた。

友だちは、年の差があると、だめ。すずのその言葉を、わたしは頭の中で繰り返してみる。それから、ずいぶん狭い料簡だなあ、という四十年配の言葉も。どちらの言っていることも、わかる気がした。現に、わたしには、おないどしの友だちしかいない。でも、とも思った。友だちって、いったい何なんだろう。マコちんとすずは友だちのはずだけれど、ほんとにそうなのかな。それから、ありえないと思うけど、もしかしてわたしとリッパが友だちになる可能性も、万に一つくらいはあるのかな。

その後わたしたちは、酒飲み特有の、泡のようなよもやまばなしに突入した。そのあたりからは本格的に酔っぱらってしまい、次の記憶は宿で歯をみがいているところまで、飛ぶ。

翌日はよく晴れていた。

朝食は「コシアブラの間」ではなく、「ゼンマイの間」だった。ずっとむこうのテーブルに、眼鏡と四十年配がいる。手をふったら、眼鏡の方だけがふり返した。四十年配は、食べるのに夢中で、顔をあげもしない。

チェックアウトまでまた部屋でだらだらした。前の晩にはしゃぎすぎたせいか、三人とも無口だった。

「ねえ、へんな二人だったね」マコちんが、ぽつりと言った。

「二人って、ゆうべの？」すずが聞く。

「うん」

「ほんとに、友だちなのかな。カップルじゃないのかな」

「どっちでもいい。恋愛対象としては絶対ありえないし」マコちんは、だるそうに言った。けれど、すぐに、「だけど……」と言いかけた。

「だけど、なに？」わたしが聞くと、マコちんは、くすりと笑い、

「なんでもない」と首をふった。

帰りの新幹線でも、眼鏡と四十年配は、やはりわたしたちと同じ車輛《しゃりょう》にいた。

「よく会いますね」マコちんが、お愛想のように言うと、四十年配は、

「たいして稀《まれ》な確率じゃない。ありえる確率だ」と、決めつけた。

感じ悪っ、とマコちんが返すと、眼鏡が笑った。そのままわたしたちは自分たちの指定席までゆき、三人並んで座った。

しばらくしてから、お手洗いにゆきしなに見たら、眼鏡と四十年配は、「下野《しもつけ》山菜弁当」と「とちぎ霧降高原牛めし」を、粛々と食べていた。きっとまた、半分まで

っちり食べて交換するのだろう。

窓から、遠くの山が見える。いただきのあたりは、まだ冠雪している。マコちんとすずは、いつの間にか眠っていた。週あけに出社したら、リッパの髪をほめようと、突然思った。どうしても好きになれないけれど、立派な先輩であることは確かなのだし。それに実際、リッパの髪は、ほんとうにつやつやしていて、きれいなのだ。

「友だち、わたしも、ほしいな」

口の中でつぶやいてみる。マコちんが隣で、コウ、と一つだけ小さないびきをかいた。少しだけ、びくっとしたけれど、マコちんはまたすうすう寝息をたてはじめた。それにしても、どうしてあの眼鏡と四十年配は、あんなにたくさん食べるのに、ぜんぜん太っていないんだろう。ああ憎たらしい、と思いながら二人の座っている席の方を見やった。背もたれに隠されて、並んだうしろ頭の先端だけが、ぽっちり見える。何かに似ていると思ったら、それはナスカの地上絵の、おさるのぐるぐるしたしっぽの、さきっぽなのだった。

ぼくの死体をよろしくたのむ

「で、ほんとうに、死ぬの？」

というのが、今回の黒河内璃莉香《くろこうちりりか》の質問だった。

いよいよきたな、とあたしは思う。この質問がくるまでに、いったいどのくらいあたしはここに通ってきたろう。黒河内璃莉香は、無表情で、足を組んで座っている。年に二回、あたしは黒河内璃莉香を訪問しつづけてきた。それは、父の遺言に定められたことだからだ。

黒河内璃莉香は、昔父が大きな恩を受けた相手なのだという。

黒河内璃莉香の年齢は、五十八歳。十八年前に自殺した父がまだ生きていたら、同い年ということになる。背が高く、あたしよりも二十五歳も年上なのに、あたしよりもスタイルがいい。結婚したことはないというけれど、その年で、いまだにいつも男の影がある。髪は白髪まじりのベリーショート、必ず真珠を身につけている。ピアスか、細長いネックレスのことが多い。

年に二回の訪問は、あたしが中学生の頃から続いている。

最初のうちは、いやいやだった。黒河内璃莉香に、父がどんな恩を受けたのかもわからなかったし（遺言には、そこのところは何も書いてなかったのだ）、知らない年上の人間の家を一人で訪問したのも初めてだったし、だいいち、黒河内璃莉香のようなタイプの女の人に、あたしはそれまで会ったことがなかったからだ。

「あら、思ったよりかわいいのね」

というのが、あたしに会った時の黒河内璃莉香の第一声だった。

あたしは、びくっとした。実際のところ、あたしは一般で言う「かわいい」には当てはまらなかった。けれど、自分がある種の人間たちにとって魅力的なことは、知っていたのだ。

「男の子と、つきあったことはある？」

というのが、黒河内璃莉香の、あたしへの最初の質問だった。

「ないです」

と、あたしはおとなしく答えた。黒河内璃莉香は、値踏みするように、あたしの頭のてっぺんから足の先までを見た。

「うん、その方が、あなたのような子は、いいわね」

あたしはまた、びくっとした。表向きは、あたしはバスケ部の宮内くんを好きなことになっていた。背が高くて、髪がさらさらで、二重の目がぱっちりと澄んだ男の子。でもあたしは、宮内くんになど、ほんとうは全然興味がなかった。

「あなた、恋愛には、興味ないでしょ」

黒河内璃莉香は、見透かすように言った。図星をさされ、あたしは目をみはった。

それからは、黒河内璃莉香を訪問するたびに、一つずつの質問がなされた。

好きなドラマは？

お風呂《ふろ》にはどのくらい時間をかけるの？

日本国憲法のことを、どのくらい知ってる？

叱られるのと、叱るのと、どっちがいい？

世の中で、いちばん取るに足らない存在って、何だと思う？

なれるとしたら、どの国の王様になりたい？

黒河内璃莉香が、どうやって生活しているのか、あたしはずいぶんたつまで、知らなかった。

大学を卒業するころ、一度だけ母がぽつりと言ったことがある。

「パパと、黒河内璃莉香さんって、つきあってたのかしら」

違うと思うよ。あたしは、はっきりと答えた。その頃には、黒河内璃莉香とはけっこう長いつきあいとなっていたから、黒河内璃莉香の男の好みも、少しは知っているつもりだった。黒河内璃莉香は、男に飽きてくる時期になると、あたしを呼び出しては男とのあいびきの時間に加わらせ、少しずつ男から距離を置くので、彼女の恋人たちの何人かとは、会っていたのだ。どの男も、驚くほどきれいな顔をしていた。

「恋愛の清算に他人をもちこむのって、ずるくないですか」

あたしは聞いたことがある。黒河内璃莉香は、澄ました顔で、

「そうよ、ずるいの、わたし」

と答えた。

黒河内璃莉香のところには、いつも二時間ほどいる。甘いものを人数ぶん（つまり、

あたしと黒河内璃莉香の二人ぶん）買ってゆくと、黒河内璃莉香は、持っていったものに合うお茶を、面倒くさそうにいれる。

黒河内璃莉香のお茶は、安定しない。とてもおいしい時と、全然おいしくない時の差が、激しい。

「いつもは、お茶はいれないからね」

と、黒河内璃莉香は言う。水が好きなんだそうだ。

「毎日、どんな生活をしてるんですか」

と、いつか聞いてみたことがある。黒河内璃莉香は、少しの間、考えていた。それから、

「比較的、人間的な生活」

と、答えた。

黒河内璃莉香は、お喋りな方ではない。質問をしたあとは、ほとんど自分から喋ることはない。最初のころは、あたしもむっつり黙りこんでいて、ラジオの音だけが部屋の中に響きわたっていた。黒河内璃莉香のところは、いつもラジオがかかっているのだ。

けれど、少したってからは、あたしは適当なことをどんどん喋るようになった。そ

うしないと、時間がちっともたたないからでもあったし、黒河内璃莉香が、あたしの話を面白がるからでもあった。

　黒河内璃莉香の職業を知ったのは、本屋でだった。雑誌を買いに本屋に行った時、いつもは見ない単行本の棚の前になんとなく行き、ぼんやりと題名を眺めていたのだ。一冊ずつ順に見ていくうちに、既視感をおぼえた。見直すと、「黒河内璃莉香」という名前が、印刷してあった。

「作家⁈」

　あたしは、小さく叫んだ。

　次の訪問日に聞いてみたら、黒河内璃莉香は、あっさりと肯定した。

「そうよ、知らなかったの？　よっぽど本を読まないのね、あなたも、あなたのお母さんも」

　軽蔑《けいべつ》したように言う。

　黒河内璃莉香は、ミステリー作家だった。

「ペンネームですか、黒河内璃莉香って？」

　と、聞いたら、

「ちがうわよ、本名。ミステリー作家になるくらいしか、ない名前よね、まったく」

そう言って、黒河内璃莉香は、笑った。

黒河内璃莉香が、実は自分のほんとうの母親なんじゃないかと疑っていた時期も、ある。

容姿は全然似ていないし、性格だってずいぶん違うけれど、何かあたしと通じるものがあるのだ、黒河内璃莉香には。

「父が昔、とってもお世話になったって聞いてますけど」

そう訊《たず》ねてみたのは、高校生の頃だった。

「世話？　そんなこと、したことないわ。ただお金をたくさん貸しただけよ」

黒河内璃莉香は、答えた。

「たくさんって、どのくらい？」

「お金の多寡《たか》の話って、下品になるから、したくないわ」

黒河内璃莉香は、ぴしりと言った。

「どうして、あたしは年に二回、ここに来ることになったんですか？」

かねがね不思議に思っていたことを、この際だと思って、あたしは重ねて聞いてみた。

「知らないわよ。あなたのお父さんが、勝手に決めたことだから」

あたしは、肩すかしをくった気分になった。

「じゃあ、あたしが来ることって、もしかして、迷惑ですか？」

「べつに。退屈しのぎになるし」

「父とは、どういう関係だったんですか」

「小学校の同級生」

「同級生って、簡単にお金を貸し借りしあうものなんですか」

「しないわね」

「じゃあ、どうして」

黒河内璃莉香は、黙ってしまった。立ち上がり、キッチンで二杯めのお茶をいれてきた。お茶は、まずかった。

「お金を貸さないと、死んじゃいそうだったから」

黒河内璃莉香は、はきはきと言った。

父は、弱い人間だった。

父の弱さに、あたしも母もとても困らされた。父にまとわりついている「弱い空気」のようなものは、ただ父を弱らせるだけでなく、母をも弱らせた。元来、母は明るくて屈託のない人間だ。けれどその母が、父と一緒にいると、みるみる食欲をなくし、やせ、静かに滅入《めい》ってゆくのだ。

弱いっていうことは、とても強いことなんだな。

父が生きていたころ、あたしはそう思っていた。

父は、何回か自殺未遂をおこした。そのたびに、母は泣いた。あたしも悩んだ。そして結局、父は死んだ。

実のところ、あたしも母も、ほんの少しだけ、ほっとしていた。父の苦しみは、誰がどうやっても消せるものではなかった。だから、父がもう苦しまなくていいのだということに、ほっとしていたのだ。

父の弱さは、たぶん生まれつきのものだったのだ。声が低い、とか、鼻がまるい、とか、くせっ毛だ、とかいうことと、同様に。体をきたえるように精神をきたえることはできないんだろうかと、あたしはまだ小さいころ、たびたび思った。でもきっと、父の場合、そんなことは不可能だったろう。

父のことが、あたしは好きだった。あんなに困らされたにもかかわらず。

「お金を貸してもらったけど、死んじゃいましたね」

あたしがぽつりとこぼすと、黒河内璃莉香は、ふふ、と笑った。

「でも、ちゃんと返してくれたわよ。死んだのは、そのずっとあと」

「返さないで平気なタイプだったら、死ななかったかも」

「そうかもね」

黒河内璃莉香は、突然立ち上がった。部屋を出てゆき、しばらくしてから戻ってきた。手に、何かを持っている。

「これ」

そう言いながら、黒河内璃莉香は、古びた紙片をさしだした。

紙片には、何行かの文字が書いてあった。

ぼくの死体と
晴美と
さくらを
よろしくたのむ

いや
死体はどうでもいいから
晴美と
さくらを
よろしく

「何ですか、これ」

「あなたのお父さんが、死ぬ少し前に送ってきた手紙みたいなもの」

晴美、というのは母の名前で、さくら、はあたしの名だ。

「ひどい文章ですね」

黒河内璃莉香は、笑った。

「文章は、けっこういいと思う。小説家の目から見てもね。ひどいのは、内容」

「たしかに」

「よろしくたのむ、って言われてもね。どうよろしくすればいいのやら」

父は、黒河内璃莉香のことを、そんなに頼りにしていたのだろうか。

「お金返してもらってからは、一回くらいしか会ってないしねえ。お金借りにきた時だって、十年ぶりくらいに突然来たのよ」

「お金返したあとに会った一回って」

「電子レンジを買いに行く時、荷物持ちでついてきてもらったの」

もう二十年近く前のことよ、今も使ってるけどね、その電子レンジは。黒河内璃莉香は、言い、肩をすくめた。


父に、あたしは似ているのだろうか。

あたしも、ときどき死にたくなるのだ。

けれど、あたしが死にたくなることと、父が自殺したことを、単純な因果関係で結ぶことは、できないと思う。

人が生きてゆくよりどころにしていることは、さまざまだ。それと同じで、人が死にたくなるみちすじも、千差万別だと思うのだ。

父はその弱さゆえに死んでしまったような気がするけれど、あたしは、ちがう。あたしは父よりずっと強い人間だと思う。あたしは、強い気持ちで、死にたくなるのだ。

積極的に、自分を消したくなる、とでもいえばいいだろうか。

でも、まだ実行は、していない。

突然の死が、どんなに周囲の人たちを動揺させるかを、あたしはよく知っている。

「父が死んだ時、どう思いました」

あたしは、黒河内璃莉香に聞いたことがある。

「驚いた。でも、なるほど、とも思った」

「それから？」

「へんな言い方だけど、なんだか、怪我《けが》したみたいな気分になった」

「怪我って」

「しばらくいろんなところが痛い感じ。恋人でもなかったし家族でもないし、友だちですらなかったのかもしれないのに」

黒河内璃莉香のミステリーを、あたしは一冊だけ読んだことがある。小説を読む習慣がないので、最初はなかなか進まなかったけれど、そのうちにすらすら読めるようになった。

黒河内璃莉香の本は、あんまり面白くなかった。犯人も、全然意外な人間じゃなかったし。これで作家として生活して行けるのかなと、あたしは少し心配になったけれど、実際のところ黒河内璃莉香の小説は、売れているらしい。

「わたしの小説は、毒にも薬にもならないから、いいのよ」

黒河内璃莉香は、いつか言っていた。

「で、ほんとうに、死ぬの？」

という、今日の黒河内璃莉香の質問には、結局、

「死にません」

と、答えたのだった。死の誘惑は、強い。今も、まだ死はあたしを呼びつづける。でも、死なない。あたしは、今のところは、そう決めているのだ。

黒河内璃莉香のところへ通いつづけてきたから、決めたのだろうか。わからない。父は、こういうこと全体を見通していたのだろうか。それも、わからない。

黒河内璃莉香は、あたしが持ってきたチョコレートケーキにあわせて、コーヒーをいれた。まずかった。薄すぎたし、熱々じゃなかったし。

「あたしがいれなおして、いいですか」

そう聞くと、黒河内璃莉香はうなずいた。

「いつそう言ってくれるか、ずっと待ってたのよ」

「え？」

あたしは聞き返した。死にません、という答えについて黒河内璃莉香が「待ってい

た」と言ったのか、それとも、飲みものをあたしが代わりにいれることについて「待っていた」と言ったのか、わからなかったからだ。

「飲みものの方」

というのが、黒河内璃莉香の答えだった。それから、黒河内璃莉香は、ほっと息をつき、

「水だってじゅうぶんに、おいしいのにね」

と、言った。

「これからも、来る？」

黒河内璃莉香は聞いた。

「一回に二つの質問をするのって、初めてですね」

答えるかわりにあたしが言うと、黒河内璃莉香はにやりと笑い、

「来るのね？」

と言った。

あたしは、熱々のコーヒーを、黒河内璃莉香のところへと運んでいった。ぼくの死体を、よろしくたのむ。口の中で、小さくつぶやいてみながら。

いいラクダを得る

土曜日の午後二時。「マコト中華」の二階の座敷に、わたしたちは集合する。

「マコト中華」は、大和要《やまとかなめ》の父である大和誠が、三十年前に開いた中華料理店である。メニューは、醤油《しょうゆ》ラーメンと、塩ラーメンと、味噌《みそ》ラーメン、タンメンに餃子《ぎょうざ》、焼きそば、ショウガ焼き定食、野菜炒《いた》め定食、あとはメンマにチャーシューにビールに酎《ちゅう》ハイ。

店の一階は土間のカウンター十席、二階は畳敷きにデコラ張りの座卓が一つ。カウンター横の棚に置いてあるマンガ雑誌は油にまみれ、壁には十五年前に町内会の祭で招いた演歌歌手「あかさか香代」のサイン入りの破れたポスターが貼《は》ってある。

行列はまるでできないけれど、いつもお客はぼちぼち入っている。二階の座敷は、町内の祭や会合がある時にだけ使う。

大和要は、わたしたちの大学の「逆行サークル」の幹事だ。部員は三年生が五人。全員が創立部員で、下級生も上級生もいない。たぶん、わたしたちが卒業すると、「逆行サークル」は、なくなる。

「逆行サークル」は、時代に逆行することをなんでも試してみるサークルだ。一人で試してみてもいいのだけれど、それではただの「変な人」になってしまうので、団体（といっても五人だけれど）で同じことをして、キャンパスに何らかの「うねり」を引き起こす可能性を追求すべく、活動している。

「うねり、って、今っぽいから、もっと逆行的な言葉にして」

大和要が、さっそく指摘する。

「……影響？　それか……注目？」

町田春香《はるか》が首をかしげる。

「言葉は、なんでもいいじゃん。めんどくさい」

羽生大輝《はにゅうだいき》がたたみに寝そべった姿勢のままで言う。

「ねえ、そろそろライン解禁にしてほしいんですけど。母親がメールめんどくさがるし、就職活動にもいろいろ不便だから」

佐藤野枝《のえ》が頬をふくらませた。

「ていうか、おまえまだスマホ使ってるの？　ちゃんと逆行してガラケーにしろよ」

「買いかえるお金がないの」

かなめー、という大和誠の声が階下から聞こえてきた。餃子が焼けたのだ。羽生大輝がのっそり立ちあがり、急で狭い階段を身軽におりてゆく大和要のあとに続いて、とんとんとおりていった。

逆行サークルの部員はみんな、第二外国語のアラビア語のクラスで知り合って、つるむようになった。

アラビア語を選択した学生は、八人しかいなかった。

「そもそも、アラビア語を選択できる大学だとは、知らなかったし」

「うん、アラビア語学科は、ないのにね」

羽生大輝と町田春香が言いあっている。わたしたちの大学は、東京のはずれにある。学生数は、比較的少ない。アラビア語の講師は、バクル先生だった。

「私の名前は、若いラクダ、という意味デス。私の母の名は、ヒンド。ラクダのこぶ、という意味デス。ラクダは、私たちにとって、ト――ッテモ、大切な仲間デス」

というのが、バクル先生の自己紹介で、逆行サークルの五人は、その言葉ですっかりバクル先生のファンになってしまったのだった。二ヶ月、三ヶ月とたつうちに、アラビア語の難しさに数人の一年生が授業を脱落していったのだけれど、逆行サークルの五人だけは、勉強会を開いたりノートを貸し借りしあったりして、どうにかバクル先生の授業に出つづけた。結局、最高の成績は、佐藤野枝のBで、あとはみんなCだったけれど。

バクル先生は、一年度の終わりに、故郷に帰っていった。逆行サークルの五人は、バクル先生の送別会を開いた。

「あなたたちのサークルは、どんなことをするのデスカ」

バクル先生に聞かれ、大和要は、一年生の間におこなった活動を、いくつか挙げた。

「女子は、コギャルメイクをして大学に通う。男子は、腰パンで毎日を過ごす。あと、たまごっちをプレイする。悩んでいる人の話を根掘り葉掘り聞きだし、たくさんアドバイスをする」

おお、と、バクル先生は目を丸くした。

「私には、ほとんどのことがわかりませんネ。でも、アドバイスは、いいことデス。それは逆行ではありませんネ」

大和要は、うなずいた。

「そうなんです。アドバイスは、いいことですよね」

ほかの四人も、うなずいた。バクル先生は、正しい。けれど、余計なアドバイスをこころみたせいで、わたしたちは、ずいぶんたくさんの知り合いと疎遠《そえん》になった。コギャルメイクをして遠巻きにされた時よりも、ぜんぜん板についていない腰パン姿に引かれた時よりも、ずっとたくさんの知り合いと。

でも、いいのだ。ただの「知り合い」など、いらない。人数は少なくとも、ほんとうの「友だち」だけを求めればいいのだ。というのも、逆行サークルの活動の一つなのではあるのだけれど。

コギャルメイクは、けっこう楽しかった。でも、

「腰パンは、落ち着かないだけだった」

大和要と羽生大輝は、声をそろえて言っていた。

「ねえ、どうしてわざわざへんなこと、するの？」

いつか、わたしと同じ日文学科の、田村サツキに聞かれたことがある。ちなみに、田村サツキは、逆行サークルの活動をはじめてからも、わたしから離れていかない、

貴重な知り合いだ。

「面白い、ような気がする」

あいまいに答えると、田村サツキは眉《まゆ》をひそめた。

「ハブられても、いいの？」

「大学だから、ハブられても、害は少ないような気がする」

というのは、ほんとうは羽生大輝が言っていた言葉なのだけれど。

「なるほどねえ」

あまり説得されたようでもなく、田村サツキはうなずいた。田村サツキの言いたいことは、わたしにもよくわかった。コギャルメイクをして一人で構内を歩くのは、かなりしんどいことだった。町田春香と佐藤野枝と三人でなら、ぜんぜん平気だったが。

もしも、サークルの五人が一緒でなければ、わたしは「ハブられてもいい」ような行動は、絶対にとらないと思う。でも、外でハブられても、サークルの中では、ハブられるその行為じたいが、仲間のしるしとなるのだ。

今年度の逆行サークルの活動の柱は、スマホをガラケーに戻す、だけれど、それだけではつまらないので、会合のたびに、みんなでいろんなことを考えた。

「これからの人生、絶対にふくらはぎを揉《も》まない」

と、提案したのは、大和要だ。

「なに、それ」

町田春香が聞いた。

「長生きするには、ふくらはぎを揉むといい、とかいう本が売れてるみたい」

わたしが補足すると、佐藤野枝が、首を横にふった。

「それは、去年のベストセラーだよ。今年は、ほら、あれ。フランス人は10着しか服を着ない、とかいうやつ」

「着ないんじゃなくて、持たない」

大和要が訂正する。

「どう違うの」

「おれ、ちゃんとその10着の本、立ち読みしたの。10着の中に、Tシャツとかは入れてないんだ。スーツとか、ワンピースとか、そういう、買う時はちょっと高くて長持ちする服だけ、勘定してたような気がする。で、そういうのと、Tシャツとかをいろいろ組み合わせたのを着るらしいんだけど、ようするにあれよ、ローテーションする服の種類が少なくてもフランス人は堂々としてる、って感じの主張だったかな」

「そうすると、ぼくなんか、年間通して三種類のローテーションしかないから、フランス人に勝ったね」

羽生大輝が笑った。

ふくらはぎも、10着も、そういうわけで、活動としては却下された。

「肉食男子になるっていうのは？」

佐藤野枝が言う。

「誰がなるのよ」

と、大和要。

「もちろん、大和と羽生」

「誰を相手に肉食するの」

「可愛《かわい》い女子」

「むり」

「むり」

大和要と羽生大輝の声がそろった。

それで、その提案も却下され、もっかのところ、逆行サークルの活動は、ガラケー使用、あるいはスマホを使っている場合はスマホ的アプリは極力使わない、ということに絞られている。

「ねえ、昔の男子って、肉食だったのかなあ」

町田春香が言う。

学食は、すいていた。夏休みはもうすぐで、前期の試験はだいたい終わっていた。町田春香と佐藤野枝はラーメンを食べており、わたしは焼き魚定食の塩鮭《しおざけ》をほぐしているところだ。

「こないだ、大和のお父さんに聞いてみたよ」

と、佐藤野枝。

「で、大和誠の答えは？」

「覚えてねえ、だって。それより、餃子の代金、ツケにしないでちゃんと払えって要に言ってよ、って言われた」

「肉食の男の子って、どんな感じなんだろうね」

(肉食も、草食も、どっちもどうでもいいな)

そう思いながらも、わたしは佐藤野枝と町田春香の会話に適当に相づちをうつ。ほんとうは、時代に逆行、とか、反対に、時代に添う、とかいうことも、わたしはどうでもいいのだ。だいいち、「時代」っていうものが、よくわからない。何がはやってるとか、何がどこにあるとか、何がかっこいいとか、いろんなことが目の前を流れてゆくけれど、どれもわたしからは少し遠いものだ。

(好物じゃないネタの回転寿司《ずし》のお皿が流れ去る、みたいな感じだな)

わたしはただ、逆行サークルのメンバーと一緒にいるのが、楽なだけだ。それから、ちょっとだけ、無理をしてみることも、面白い。

わたしには、好きな人がいる。その人は、逆行サークルの部員ではない。田村サツキの彼だ。名は、田村優人《ゆうと》。

「名字が同じなのが、つきあいはじめた理由」

と、田村サツキは、田村優人を紹介した。高校のころから恋人どうしだったそうだ。結婚しても名字が変わらなくて便利だしね。田村サツキは冗談めかしてつけ加えた。

一目ぼれだった。胸がかっと熱くなった。田村サツキがうらやましくてならなかった。あきらめようと思ったが、だめだった。同じ日文で、取る授業もだいたい一緒、ゼミも、田村サツキもまじえて一緒だった。会わなければ、薄くなってゆくのに。でも、近しく会えることが、嬉《うれ》しかった。

男の子を好きになったのは、初めてのことだった。いつもわたしは、遠いのだ。中学時代も、高校時代も、男の子はたくさんいたのに、興味はわかなかった。男の子の方だって、わたしに興味を持たなかったし。

そういえば、逆行サークルを結成したばかりのころ、佐藤野枝に言われたことがある。

「夢見って名前、少し重くない？」と。

たしかに、ゆめみ、という自分の名前の響きは好きだけれど、夢を見る、という漢字は、まったくいただけない。わたしはそもそも、夢を見るタイプではないのだ。女の子は生まれつき、夢を見ていい子と、見てはいけない子にわかれているのではないかと、わたしはひそかに思っている。それで言えば、わたしは夢など見ない方がいいタイプにちがいない。

「時代が草食で、よかったと思うことがあるんだ」

いつか、佐藤野枝は言っていた。佐藤野枝も、夢を見ない方がいいタイプの女の子だと、これもひそかに、わたしは思っている。町田春香も、そう。男の子たちのことは、よくわからないけれど。

「マコト中華」に、時々わたしは一人で行く。いつも、タンメンを注文する。大和誠は、こっそり野菜を多めにしてくれる。

「一人暮らしなんだろ。人間は、ちゃんと野菜とらないとな」

と言いながら。

「大和さんは、どうやって結婚相手をみつけたんですか」

この前、聞いてみた。

「がんばったんだよっ」

大和誠は、答えた。がんばれば、恋愛相手がみつかるのだろうか。わたしは首をかしげた。

「うちの要は、がんばってるのかね」

反対に、聞き返された。

「たぶん、そんなには」

だろうな、と大和誠はため息をついた。あんたたち見てると、そういう感じがする。がんばるのがいやだから、逆行とか言ってるんだろ。

「それは、ちょっと違うかも」

少し考えてから、わたしは言い返した。

「ふーん、違うのか。じゃ、なんでまた、逆行とか。あれか？ 情報過多の社会に対するアンチなんとかかんとか？ まさかな、要がそんなしゃれたこと考えるはずないな」

「そうですね、それもちょっと、違うと思います」

「時代を逆行して、たとえばおれたちの時代に戻っても、べつにたいしていいこと、ないよ」

大和誠は、餃子を焼きながら、言う。カウンターの、一つおいて隣のお客さんも、うなずいている。大和誠と同じくらいの年のおじさんだ。

田村優人に会いたいな、と、突然思う。でも、会えない。会えないのは、楽だな、とも思う。タンメンは、おいしかった。白菜がしゃきしゃきしていて、自分でつくっても、どうしてもこういうふうにはできない。

「プロの味ですね」

大和誠に言ったら、照れたようにうしろ頭を掻《か》いていた。

三年の後期に入ってから、逆行サークルの活動は少し下火になっていた。そろそろ就職活動を考えなければならない時期がやってきていたし、三年めに入って、さすがに「逆行」にも飽きてきた、ということもあった。だから、「マコト中華」の二階に集まったのは、久しぶりだった。

バクル先生から、大和要あてにメールがきたのだ。

みんなも一緒に読もうと、大和要が集合をかけた。

「おれ英語、にがてだから、誰か訳してくれ」と、大和要はメールに書いてきた。

「みなさま、元気で過ごしていることと、思います。私は、去年の三十歳の誕生日に、故郷で、結婚しました。女の子の、双子の子どもが、生まれました。名前は、アラワと、リムです。山のヤギと、白いカモシカ、という、意味です。みなさまは、今も人々に、アドバイスを、おこなっていますか。いい、アドバイスを、人々に与えて下さい。私からも、みなさまに、アドバイスをします。あなたたちは、魅力ある人たちなので、きっと、いいラクダを、得る、ことでしょう。幸運を、祈ります。バクル」

羽生大輝が、つっかえつっかえ、訳した。

「バクル先生、けっこう若かったんだ」

そうつぶやいて、佐藤野枝は、はーっと息をついた。ほかの四人も、同じように、はーっと息をついた。メールには写真が添付してあった。白い平屋の前に、バクル先生と妻らしき女の人が立ち、それぞれの腕に一人ずつ赤ん坊を抱いていた。画面はまぶしかった。空には雲が少しかかっていた。家の横には背の低い木がはえていた。

「あくまで偶蹄目《ぐうていもく》の名前なんだな」

しばらくしてから、大和要が言った。

それから、またみんな、はーっと息をついた。町田春香が、窓を開けた。バクル先生の写真の中の雲と、とてもよく似た雲が、空を流れてゆく。でも、バクル先生の故郷は、ここときっと、まったく似ていないにちがいない。へんな気分だった。からっぽのような、不安なような、かゆいような。

「かなめー」という声が階下からかかった。しばらく、誰も動かなかった。それから、大和要がゆっくりと立ちあがった。


逆行サークルの会合は、そのあとずっと開かれず、卒業間近に一度だけ、「マコト中華」の二階ではなく、大学近くの居酒屋に集まった。事実上の、送別会だった。

「みんなの就職内定を祝って」

佐藤野枝が乾杯の音頭《おんど》をとった。大和要は、その三日前にようやく内定がとれたのだった。みんなで、たくさん飲んだ。そのあとはカラオケに行き、オールをした。

「こんなに長く一緒にいるの、初めてだね」

町田春香が、困ったような、でも少しだけ嬉しそうな顔で、言った。その前の日に、わたしは田村サツキと田村優人が婚約したことを聞いていた。思ったほど、ショックではなかった。それよりも、逆行サークルのみんなと、もう会えないことの方が、ずっと悲しかった。

「また集まればいいよ」

佐藤野枝は言うけれど、きっとわたしたちは、会社に入ってしまえば会うことはなくなってゆくだろう。

「ガラケーのままなの、おれと夢見だけだな」

歌い疲れて少し休んでいる時に、大和要が言った。

「お給料が出たら、スマホにかえる」

わたしが言うと、大和要は不満そうに口をとがらせた。かわるがわる寝落ちしつつ、再び目覚めつつ、夜明けをむかえた。バクル先生の故郷の夜明けは、どんなかなと思った。でも、東京のこのへんの夜明けでさえ、考えてみればわたしはよく知らない。

「いいラクダって、なに？」

羽生大輝が、突然言った。

「偶蹄目のことは、よくわからん」

大和要が答え、みんなでうなずいた。会計をすませて外に出ると、もう夜は明けていて、ぼんやりした太陽が空にのぼっていた。楽しかったね、と、佐藤野枝が小さな声で言うと、またみんなはうなずいた。それから、無言で駅まで一緒に歩いた。

土曜日には映画を見に

日曜日は、いつもとても静かだ。

昼少し前に起きて顔を洗い、リビングに下りてゆくと、お母さんがソファーに座ってテレビを眺めている。

「何の番組？」

聞くと、さあ、というふうにお母さんは首をかしげる。テレビでは、短いスカートをはいた女の子たちが、元気いっぱいに走りまわっている。

日曜日のお昼は、そうめんだ。一年じゅう、かわらない。もっと寒くなると、めんつゆを熱くしてみたり、煮こみうどんのように野菜や鶏《とり》と一緒に煮てスープにしてみたり、さっぱりしたにゅうめんにしてみたりするけれど、必ずそうめんを使うことにかわりはない。

「どうして、そうめんって決まってるの」

いつか聞いてみたら、お母さんは、さあ、というふうに首をかしげた。首をかしげるのは、お母さんの癖だ。いつの頃からか、わたしにも同じ癖がうつっている。「こ、今夜は、な、何を食べたいですか？」小西さんに聞かれた時も、わたしは首をかしげてしまう。何と答えていいのかわからなくて。

小西さんは、三ヶ月くらい前からつきあいはじめた男のひとだ。わたしが生まれてはじめてつきあう、男のひとである。

お母さんもお父さんも、わたしが男のひととつきあったことがないことを、ずっと心配していた。わたしは、三十五歳だ。中学校から短大まで女子校で、市役所に勤めはじめてからも、男のひととの縁が薄かった。同じように女子校育ちで公務員になった友だちでも、男のひととつきあっている子は、たくさんいるのに。

「恋人って、どうやったら、できるの」

友だちに聞いてみたりもした。

「気楽に一緒にあそびにいったりすればいいんだよ」

「最初は友だちからはじめたら？」

「いいなってひとがいたら、いいって思ってることをそれとなく伝えなきゃ」

いろんな助言を、友だちはしてくれた。男のひとを紹介してもらったこともあるし、合コンに誘ってもらったこともある。

「杉田さんはけっこう可愛いのにね」

友だちは言う。でも、だめだった。

合コンでは一回も連絡先を聞かれたことがない。紹介されたひとからの、二回めの誘いを受けたこともない。そもそも、わたしは男のひとのことを、「いいな」と思ったことが、ないのだ。

「もしかして、女の子しか好きになれなかったりして？」

そう言われたこともある。でも、女の子のことだって、わたしは格別に「いいな」と思うことはないのだ。

友だちは、何人かいる。どの友だちも、嫌いじゃない。あそびに誘われたら、ちゃんと行く。楽しみもする。でも、なんでも打ち明け合って、いいところもまずいところも知り尽くしている、というふうな友だちは、一人もいない。

小西さんとは、お見合いをした。伯母さんがもってきてくれた話だ。

「成子《せいこ》ちゃんは、大人の男のひとがいいわよ、きっと」

伯母さんは言い、釣書《つりがき》と写真をわたしの目の前にひろげた。丸顔の、眉のこい男のひとが、緊張したおもちで写っていた。年は四十七歳。勤めているのは、「ダンボールなんかをつくっている会社なの。総務の課長さんで、お給料も悪くないそうよ」

とは、伯母さんの言葉。

「初婚なのよ。ものすごく忙しくて、女の人とつきあうどころじゃなかったみたい。真面目《まじめ》なタイプで、成子ちゃんにはぴったりじゃないかしら」

伯母さんは、写真と釣書を、わたしの方に押してよこした。一瞬、伯母さんの手がわたしの手に重なった。どうしていいかわからなくて、お母さんの方を見たけれど、お母さんはいつものように首をかしげているばかりだった。

「ねえ、一回会ってみるだけでも」

伯母さんの体温が高いなと思った。そういえば、お母さんの体温は低い。わたしも同じだ。わたしもお母さんも、真夏でも厚いくつしたをはいている。

小西さんは、写真よりもさらに太っていた。汗っかきで、ものすごく早口で、何を言っているのか時々わからなかった。

「す、杉田さんは、マ、マンガはお好きですか」

最初に小西さんがした質問である。

「ふつうに好きです」

答えると、小西さんはこきざみにうなずいた。

「ぼくは、す、少しオタクなんですが、そ、それでもいいですか」

「おたく」

よくわからなくて、わたしは首をかしげた。

「え、映画行きませんか」

小西さんは言い、唐突に立ち上がった。向かいあっていたカフェのテーブルの上にある会計票を小西さんはむずとつかみ、レジへと急ぎ足で歩いていった。小銭できっちり払うと、わたしの方は振り返らず、カフェの扉をあけてどんどん歩いていってしまった。

わたしはあわてて後を追った。小西さんは映画館まで止まらずに歩いた。二回だけ、振り向いた。窓口で二人ぶんのチケットを買い、わたしには渡さず自分で持ったまま、映画館に入っていった。

アクションと未来世界のめまぐるしい映画は、あんがい面白かった。

映画を見終えると、小西さんは気がぬけたようになった。お、お酒のみますか、と言いながら小西さんは居酒屋に入って行った。焼き鳥がおいしかった。映画の感想を、小西さんは一方的に喋《しゃべ》った。わたしは首をかしげて、じっと聞いていた。

「どう？」

と、伯母さんから電話がかかってきた。

「うん」

わたしが答えると、伯母さんはすぐさま、

「小西さんは成子ちゃんとおつきあいしたいって。よかったわね」

と続けた。おつきあい。頭の中で、伯母さんの言葉をくりかえしてみた。意味がよくわからなかった。それはもしかして、小西さんとしばしば会ってそのうちにはセックスをおこなってやがては結婚するということを示しているのだろうか。

「うん」

わたしはまた言った。伯母さんは、おほほほほ、と笑った。

「それじゃあ、小西さんにはいいご返事をしておくわね」

伯母さんは言い、すぐに電話を切った。小西さんの顔を、わたしは思い浮かべてみようとした。でも、うまくゆかなかった。そのかわりに、小西さんの早口の声が、耳によみがえってきた。


小西さんとは、いつも映画を見た。

それから居酒屋に行き、焼き鳥や鶏のからあげを食べた。

「か、からあげは、カロリーが高いから、よくないんですけどね」

小西さんは汗をふきふき言い、むしゃむしゃからあげを食べた。

「杉田さん、あ、いや、せ、成子さんっておよびしていいですかね」

「いいですよ」

答えると、小西さんはまた汗を流した。

「成子さんは、結婚後は、お、お仕事はどうします」

わたしは首をかしげた。市役所の仕事は嫌いではなかった。

「続けてくださると、う、嬉しいのですけれど」

小西さんは言った。

「ぼ、ぼくはあんまり子供が好きじゃなくて」

「わたしもです」

「ぼくが子供だから、子供が好きじゃないんだろうって、む、昔、言われたことがあります」

それはもしかすると、小西さんがつきあっていた女の人からだったのだろうか。

「仕事は、続けます」

わたしはうけあった。小西さんはこきざみにうなずき、その日の映画の感想をものすごい勢いで喋りはじめた。


「ねえ成子ちゃん」

小西さんとつきあいはじめて二ヶ月たった頃、伯母さんからまた電話があった。

「あなた、ほんとうに小西さんでいいの」

伯母さんがもってきた話なのに、へんなことを言う。

「それがね」

伯母さんは続けた。お見合いをした後に聞いた噂《うわさ》なんだけど。伯母さんはひそひそ声で言った。

「小西さんて、オタクっていうものらしいのよ。部屋なんて、まるで宮﨑勤《つとむ》の部屋みたいにぎっしりへんなビデオとか雑誌とかが山積みで」

「うん」

わたしは答えた。宮﨑勤、という名を久しぶりに聞いたと思った。伯母さんは、小西さんのよくない噂を五分ほど喋りつづけた。わたしはずっと、うん、うん、と相づちをうっていた。

「今なら、まだやめられるのよ」

親身な感じの声で、伯母さんは言った。

「やめない。小西さんと、おつきあいをつづけます」

わたしは答え、電話をそっと切った。

「日曜日は、いつもなにをしていますか」

小西さんに聞いてみた。

「ほ、本を読んだりDVDをみたり、会社の仕事も、ちょっ、ちょっとします」

小西さんは答えた。

つきあいはじめてからも、わたしたちが日曜日に会うことはなかった。土曜日の三時ごろに、わたしたちは待ち合わせた。映画を見て、外に出ると夕方になっているので、居酒屋に入る。たいがい小西さんが一方的に喋り、わたしは聞いている。支払いは小西さんがしてくれた。最寄りの駅まで歩き、反対方向の時にはそれぞれのホームに別れ、同じ方向の時にはおのおのの乗換駅まで一緒に電車に乗った。小西さんは、最初わたしを家まで送ってこようとしたのだけれど、わたしが断った。

「危ない道はないので、大丈夫です」

そう言うと、小西さんはわたしの顔を一瞬だけ、じっと見つめた。

「わ、わかりました」

小西さんは答え、それからはもう送ろうと言いだすことはなかった。

「成子さんは、日曜日は何を、し、してますか」

居酒屋で、小西さんに聞かれたことがあった。

そうめんを食べるの。それから、そうじして、アイロンをかけて、テレビを少し見て、お父さんと将棋をして、あとは夕飯のしたくをお母さんと一緒にします。

考えながら答えるわたしの言葉を、小西さんはこきざみにうなずきながら聞いていた。わたしが口を閉じると、小西さんはまた、わたしの顔を一瞬だけ、じっと見つめた。

「い、いいですね」

小西さんは、ほほえんだ。ほほえんで、へんな顔になるひとを、わたしははじめて見た。もう冬も近いというのに、小西さんはあいかわらず汗をたくさんかいていた。

久しぶりに友だちとランチをした。日曜日の昼にそうめんを食べないのは、少しへんな感じだった。ランチはサラダと肉とパンで、そうめんにくらべてお腹《なか》にたまった。わたしは少し、眠くなった。

「杉田さんは、結婚は、しないの？」

友だちが聞いた。四人集まったうちで、結婚しているのが二人、わたしともう一人は独身だった。けれどわたしと違って、もう一人の独身の友だちは、いつも恋愛をしていた。

「たぶん来年になったら、すると思う」

わたしが答えると、一瞬の沈黙がきた。

「えー、おめでとうー」

すぐに、沈黙を打ち消すかのように、ひときわ華やかな声があがった。

「ね、どんな人？　写真見せて」

写真。わたしは首をかしげた。

「デートの時とか、撮らないの?」

「撮らない」

杉田さん、真面目だからねー、きっとお相手のひとも真面目なんだろうねー。どこで知り合ったの? 芸能人でいうと、誰に似ている? 優しいひと? 年下、年上? いっぺんに質問されて、驚いた。うまく答えられなくて、首をかしげた。でも、友だちは質問しつづけた。小西さんの写真を一枚だけ持っていることを思いだした。手帳のカバーのポケットから、わたしは小西さんの写真を引っぱり出した。

また、沈黙がきた。

小西さんのその写真は、免許の更新のための写真だった。映画を見たあとに、駅のそばにある証明写真ボックスで撮ったものだった。一枚下さい、と頼むと、小西さんは恥ずかしそうに一枚切り取ってくれた。はさみを持っていなかったので、切り口がぎざぎざしていた。

「よさそうなひとー」

「結婚式、楽しみだね」

「おしあわせにね」

いかにも気のはいらない調子で、友だちは口々に言った。食事が終わり、店の前で別れた。わたしが背を向けたとたんに、三人の忍び笑いが聞こえた。

翌年、わたしは小西さんと結婚した。

新居は市役所の近くのマンションだった。平日は働き、土曜日は二人で映画を見にゆき、日曜日はばらばらに過ごした。納戸《なんど》を自分の部屋と決め、小西さんは日曜日の朝から晩までそこにこもっていた。新居の時には何もなかった小部屋が、荷物をあけて数日後には、伯母さんが「宮﨑勤の部屋みたい」と表現したのにかなり近い感じになり、小西さんがもってきたマンガやフィギュア、DVDにおもちゃ、雑誌に本、それに大きなパソコンとゲーム機であふれかえった。

「自分の部屋の掃除は、じ、自分でします」

小西さんは言い、毎週きちんと掃除機をかけた。

「せ、成子さんも自由にいつでも入って、読んだり、み、見たりしてくださいね」

小西さんは、そうも言った。だから、小西さんが残業で遅くなったりする日には、どんどん入っていって、マンガや雑誌を読みふけった。小西さんの趣味が、わたしはけっこう気に入った。

月日がたち、小西さんは定年になった。ずっと家にいるので、家事はたいがい小西さんがおこなうようになった。小西さんのフィギュアや本は部屋にはおさまりきらず、廊下やリビングにも場所を占めるようになっていた。

「ぼ、僕のものがいっぱいで、すみません」

小西さんは謝った。わたしは首をかしげて、にっこりしていた。

結婚してからは、友だちとはほとんど会わなくなった。たまに会うと、子供の進学の話や夫の悪口や介護の苦労話を、みんなはした。なんだかみんな、楽しそうじゃないなと思った。でも本当は、楽しそうじゃないことこそが、楽しいことなのかもしれない、とも思った。

小西さんと二人で、小西さんの両親をみおくり、わたしの両親もみおくり、やがてわたしは定年を迎えた。

「こ、これからは、ずっと、ふ、二人一緒ですね」

小西さんは言い、定年退職おつかれさま会をしてくれた。小西さんの料理した鶏《とり》のからあげに、フライドポテト、小松菜のおひたしに、きゅうりもみ。シャンペンをあけ、乾杯した。

定年後の毎日は、静かだった。昼にはそうめんかうどんかそばをつくり、二人で食べた。洗濯も掃除も炊事も二人で分担しておこなった。家事をしていない時は、別々に過ごした。でも、土曜日は必ず映画館へ一緒に行った。

ある日曜日、わたしは突然独身の頃のことを思いだした。昼少し前に起きてゆくと、母がソファーにこしかけて、テレビを見ていた。あの時の母と同じように、テレビをつけてみた。

「な、何の番組?」

部屋から出てきた小西さんが聞いた。さあ、というふうに、わたしは首をかしげた。小西さんが隣に座った。そして、わたしの手をそっと握った。お昼は、にゅうめんにしましょうね。わたしが小さな声で言うと、小西さんはこきざみにうなずいた。

あのころ、わたしは小西さんと知りあったばかりで、小西さんとセックスしたり共に生活したりするさまを、ほんのぽっちりも想像できなかった。小西さんはでぶで汗かきでオタクで全然魅力的ではなかった。

でもわたしは、小西さんのことをなぜだか「いいな」と思ったのだ。今まできちんと考えてみたことはなかったけれど、たしかにそうだったのだ。

「にゅうめんには、ねぎとかまぼこを入れましょうね」

そう言うと、小西さんはほほえんだ。あいかわらず、へんな顔のほほえみだった。
わたしは小西さんの手を、ぎゅっと握り返した。

スミレ

引越トラックは午後にやってきた。荷物はごく少なく、宿舎の部屋まで運ぶのに、みんなで手分けして手伝ったとはいえ、三往復しかかからなかった。

新しくこの宿舎の五号室に入ることになったのは、殿山《とのやま》さんという女の人である。

「精神年齢は十五歳、公務員です。実年齢については、明かさなくてもいいということなので、言いません。これからよろしくお願いいたします」

と、殿山さんは夕飯の時に自己紹介した。

実年齢、明かさないんだね。隠すことないのに。すぐにだいたいわかっちゃうわけだしね。いや、しばらくは楽しめるから、いいんじゃない？　元から宿舎に入っているわたしたちは、ひそひそと言いあった。

この宿舎は、東京の西のはずれにある。実年齢ではなく、精神年齢にともなう外見で日常を生活したい者のための宿舎である。日本には、ここと同じような宿舎が、今では全国あわせて十二棟ある。一つの宿舎で暮らすのは、だいたい三十人。男女の割合は、ちょうど半々。

人間を、精神年齢に応じた外見にするための技術は、今世紀後半に発達した。わたしの実年齢は五十三歳だけれど、精神年齢は十八歳なので、宿舎の中では十八歳の姿で過ごすこととなる。

むろん宿舎の門から出ると、実年齢の五十三歳に戻るので、仕事に行ったり外出したりする時には、五十三歳の身幅にあった服を身につける必要がある。反対に、外から帰ってきて門をくぐったとたんに、着ているものはぶかりとゆるくなり、顔には皺《しわ》がなくなり、皮膚はぴんと張り、声も幾分か高くなる。

「どうしてここに来ることにしたの？」

と殿山さんに訊《たず》ねたのは、村松さんだ。村松さんは精神年齢三十三歳の男性で、実年齢は十四歳。家でも学校でも何かと過ごしづらく、宿舎入りを希望したのだという。

精神年齢に応じた外見をもたらす技術が開発されはじめた当初は、多くの人が技術を利用するものと思われていた。けれど予想されていたのより、ずっと少ない人しか、技術を自分に適用したいとは思わなかったのである。なぜかといえば、精神年齢と実年齢は、案外一致していることが多かったのだ。そしてもう一つ、必ずしも人は自分の精神年齢に応じた外見になりたいとは思わないようなのである。

「なんか、外の世界になじまなくて」

というのが、村松さんの問いに対する殿山さんの答えだった。外の世界になじまなくて。それは、ここに来る人たちが最も多く口にする理由だ。

殿山さんは、すぐにここになじんだ。

村松さんとわたしは、恋愛中だ。実社会では、十四歳の男の子である村松さんと五十三歳の女であるわたしが恋愛する機会は、ほぼないだろう。けれど、ここではわたしたちは、三十三歳と十八歳の男女なのである。多少年の差はあるけれど、まずまず存在しうるカップルだろう。

わたしと村松さんは、毎日一緒に夕飯を食べる。朝食も、一緒だ。宿舎の中ではできるだけ共に時間を過ごすことにしている。いつか結婚したいとわたしは思っているけれど、村松さんは優しく首を横にふる。

「だって、きみがもっと成長した時に、違う男の人を好きになるかもしれないから。きみはまだまだこれからの女の子なんだよ」

わたしは悲しくなる。実年齢は五十三なのだから、実年齢十四歳の村松さんにそんなことを言われるのは妙だと、外の人たちは思うかもしれない。でも、明らかに村松さんの方がわたしよりもずっと大人なのだ。彼の言うことには、説得力がある。

「ずっと、好きよ」

「そうだと、いいね」

静かに、村松さんは答える。わたしはほんの少し、泣く。村松さんはわたしが泣きやむまで、黙って横に座っていてくれる。


ときどき、外で宿舎の人とばったり会ってしまうことがある。宿舎の近くで会うのならまだ心がまえもできているけれど、宿舎からずっと離れた町で偶然出会ってしまった時には、かなり驚く。

一度だけ、銀座で村松さんと遭遇したことがある。村松さんは、おじいさんの法事で銀座の中華料理屋に来ていたのだ。いっぽうのわたしは、久しぶりに昔の同級生とランチの最中だった。

村松さんは、少し離れたテーブルにいた。十四歳の少年の姿で、賢そうな表情をうかべ、行儀よく座っていた。村松さんがいると気がついて、わたしは小さく手をふった。彼もすぐに手をふりかえした。同じテーブルに座っている、たぶん村松さんのお母さんなのだろう、わたしの実年齢よりもずいぶん年下の女性が、村松さんに何かを訊ねた。声は聞こえなかった。村松さんが答えると、女性は笑った。いやな笑いかただった。宿舎に帰ってから村松さんに聞いたけれど、何を話したか覚えていないと村松さんは言った。ほんとうは、わたしのことをあざ笑ったのだということは、なんとなくわかっていた。でも、わたしもそれ以上何も聞かなかった。

新しく来た殿山さんが、村松さんを好きになった。

殿山さんは遠慮して、告白したりはしなかったけれど、わたしにはすぐにわかってしまった。好きだということを、殿山さんは態度にあらわしたわけではない。村松さんのそばに近づこうとさえしない。それなのに、わたしにはわかってしまったのだ。

殿山さんの目、だった。誰かを好きになった時の目。そして、殿山さんのその目は、いつもひそかに村松さんを追っていた。

「殿山さんは、あなたのことを好きなのよ」

わたしは村松さんに教えた。村松さんがわたし以外の女を好きにならないにちがいない、という優越感があったからではない。ここでは、多くのことが外とは違っているのだ。いらない嫉妬《しっと》や、プライドのはりあいや、順位のつけあいは、ここではほとんどおこらない。そのようなことが苦手な者が、ここに来るともいえるだろう。だから、殿山さんのことを村松さんに告げたのは、単純な事実を告げるのと一緒のことだった。

「知ってるよ」

村松さんは言った。

「でも、今はきみのことが好きなんだ、ぼくは」

村松さんのその言葉が、わたしは嬉しかったけれど、同時に淋《さび》しい心もちにもなった。

今はきみのことが好き。

そうだ。ここでは、時間というものも、あまり意味をもたない。この先ずっと、とか、将来、という観念は、わたしたちには与えられていない。今、しかないのだ。わたしたちは、時間からはずれて生きているような者たちなのだから。

突然、わたしは年をとった。精神年齢が、十八歳から四十歳になってしまったのだ。原因は、だいたいわかっている。勤めている会社でのストレスと人間関係のせいだ。

精神年齢が増えたことにともない、宿舎にいる時のわたしの外見も、四十歳になった。村松さんよりも年上になってしまったのである。

「普通は、もう少しゆっくり精神年齢はあがっていくものなのにね」

わたしが笑うと、いつもと逆で、村松さんの方が心細そうな顔になった。

「ぼくを、好きじゃなくなる？」

「まさか」

わたしはまた、笑った。ついこの前まで、村松さんといると、いとおしくて、嬉しくて、ずっと一緒にいたくてたまらなくて、すぐに泣きたくなったのに、不思議なことに今はもうそんな心もちにはならない。ただふわりと明るい気持ちになるばかりだ。村松さんは、わたしよりも殿山さんと一緒にいる時間が増えていった。悲しかったけれど、それは泣きたいような悲しさではなかった。ただふわりと、悲しいだけなのだった。

ついにわたしの精神年齢は、実年齢に追いついてしまった。村松さんとは、今も仲よしだ。でももう、村松さんのことは子供っぽく感じられてしまう。年齢差のあるカップルは太古の昔から存在したのだから、精神年齢が離れてしまってもずっと一緒に居続ければいいのかもしれなかった。でもやっぱり、だめだった。村松さんに、わたしはもう、興味がもてなかった。同じように、村松さんも、わたしと一緒にいると、まるで息子のようになってしまうのだ。

わたしたちは、いさぎよく別れた。やがて村松さんは、殿山さんとつきあいはじめた。わたしの心は少し痛んだけれど、それはしかたのないことだった。

実年齢と精神年齢が同じになってしまえば、宿舎にいる意味はなくなる。またもしまんいち、精神年齢がこのままずっと普通より速く進みつづけ、結果的にたとえば来年ごろには百歳の精神年齢となったとすれば、実年齢と精神年齢はまた乖離《かいり》するけれど、宿舎の中で身体が百歳になってしまうとすると、生活してゆくのはきっと大変だろう。

結局、わたしは宿舎を出ざるをえないのである。

村松さんと最後に二人きりになったのは、宿舎を出てゆく数日前だった。わたしたちは庭のベンチに並んで座った。村松さんと共に過ごした日々のことを、一時に思いだした。村松さんは、泣いた。村松さんが泣きやむまで、わたしは黙って横にいた。最後に、軽く抱きあった。村松さんの肌は若々しかった。前はずいぶん年のいった人のように思えていたのだけれど。

「さよなら」

と言うと、村松さんは再びあふれそうになった涙をこらえて、

「さよなら」

と、笑顔で返した。

引越トラックは午後にやってきて、わたしは七号室を退出した。次にこの部屋に入る人のために、庭にはえていたスミレをつんできて小さなガラス瓶にいけた。トラックに積む荷物は少なく、みんなが手分けして手伝ってくれたとはいえ、部屋から運びだすのに二往復しかかからなかった。よく晴れた日で、小鳥がしきりにさえずっていた。宿舎でのことは、すでに思い出になりかけていた。五十三歳の時間を、これからはゆっくりと生きてゆくのだと思いながら、トラックの助手席に腰をおろした。

無人島から

とらおの部屋は、川のほとりにある。いつも窓が開いていて、真夜中になって風が止《や》むと、水の匂《にお》いがする。

「ただいま」

と言いながら入っていったら、とらおは嫌そうな顔をした。

「みはるの部屋じゃないでしょ、ここ」

「でもわたし、あんたの姉なんだから、いいでしょ、ただいまで」

「なんかそういうの、町はずれのスナックに来たお客みたいじゃない？」

「町はずれのスナック、好きだよ、わたし」

とらおの持っているマグに入っているのは、たぶんハト麦茶だ。昔はいつも、恒子《つねこ》さんがとらおのためにハト麦茶を沸かし、冷めてからガラスの容器に入れて冷やしていた。とらおは、カフェインに弱い。

ところが、とらおはこう聞いてきた。

「コーヒー、飲む？」

「それ、コーヒーなの？」

わたしは驚いて聞き返した。

「うん」

「飲めるんだ？」

「うん、ふみが出ていってから、なぜだか、飲めるようになった」

とらおの部屋は、よく片づいている。この前ここに来てから、半年ほどたつだろうか。あの時のとらおは、ふみちゃんと同棲《どうせい》していたのだけれど、二ヶ月くらい前にふみちゃんは出ていってしまったと聞いた。

「ふみちゃんがいた頃より、片づいてるね」

「うん、あいつ、散らかし屋だったから」

とらおの淹《い》れたコーヒーは、おいしかった。一ヶ月泊まるね、いつものように。わたしが言うと、とらおは嫌そうに、そうかよ、と答えた。

とらおの部屋には机がないので、食卓でパソコンを使う。どこにいても、パソコンさえあれば、仕事はできる。というか、会社にほとんど出社しなくてもいい仕事を選んだ、と言った方が正確か。

とらおが帰るまでに、わたしは今日の仕事を終え、夕飯をつくっておく。別にとらおに頼まれているわけではないのだけれど、誰かと一緒でないと食欲がわかないのだ。

「今日は、洋風？」

帰ってくるなり、とらおは訊ねた。

「うん。どうしてわかったの」

「バターの匂いがする」

「グラタン作ったよ」

グラタンというものを、そういえばこのごろ世間ではあんまり見かけないなあと、ゆうべとらおが言ったので、マカロニと鶏肉の昔ふうグラタンを作ることにしたのだ。ついでに、前の晩の残りのレンコンのきんぴらとひじきも加えてみた。

「なんか黒いものが入ってる、このグラタン」

とらおは嫌そうに言っていたけれど、もりもり食べてすぐにパイレックスの耐熱皿はからっぽになった。

「このパイレックス、恒子さんじゃなくて、とらおが持ってきたんだね」

わたしが言うと、とらおはうなずいた。

「いろんなものチンするのに便利だからね。恒子さんは、電子レンジは使わないだろ、あんまり」

「ううん、このごろよく、お総菜あっためるのに使ってるよ。料理するの、めんどくさくなっちゃったんだって」

「ふうん」

食器洗いはとらおがした。昔の分担と同じだ。わたしと恒子さんは、作る方。とらおと新吉《しんきち》さんは、片づける方。でも、この四人が一緒に暮らすことは、たぶんもうない。わたしがここに泊まっていない時のとらおは、料理をつくるのも片づけるのも、ゴミ出しも洗濯も掃除も、全部一人でしているのだろう。

「恒子さんと新吉さんには、会わないの？」

聞くと、とらおは肩をすくめた。

「うん。たしか、五年くらいは会ってない」

「顔とか、忘れちゃわない？」

「まさか。両親の顔は、覚えてるよ」

恒子さんと新吉さんは、わたしととらおの両親だ。四人は十年前まで、つまりとらおが二十歳になるまで、一緒に住んでいたのだけれど、十年前に家族をやめた。

「家族、今月でおしまいにするから」

と両親に言われ、家族は解散したのだった。

解散なんてそんなのいやだとごねたのは、わたし一人だけだった。とらおは、初めての一人暮らしができることにすっかり心を奪われていたし、恒子さんと新吉さんは、二人の言葉によれば――発展的解消――をおこなうことへの期待で、共に顔がぴかぴかと輝いていて、憎らしいくらいだった。

「淋しいよ」

わたしは泣いた。けれど、わたし以外の三人は、まったく取り合ってくれなかった。

「だってもうあなたは成人してるんだから、本来なら家を出て独立する年齢なのよ」

恒子さんは言った。

「実家に住んでる友だちがほとんどだよ」

「まあ、家賃が高いから、都内に家がある場合、それもしょうがないけど。ただ、この家はもう売約済みなんだよ。来月出て行かなきゃならないことになってるから」

新吉さんも、落ち着きはらった顔で言ったものだった。

とらおは、すぐに大学の近くのアパートを探してきた。恒子さんは西麻布に小さなマンションを買い、新吉さんは山梨に古民家を買った。

「よくお金があったね」

半分イヤミのつもりで言ったら、恒子さんと新吉さんは仲よさそうに目と目を見交わし、

「だっておれたち（あたしたち）、蓄財が上手なんだもん」

と、同時に答えたのだった。

大学を卒業するまでは、月に十五万円のお金が毎月口座に振り込まれた。授業料も払ってもらえた。

ほんとうに、蓄財の上手な両親だったのだ。家賃四万円の風呂《ふろ》なしアパートをわたしは見つけ、大学卒業までは一人でそこに住んだ。ＩＴ関係の会社に就職し、しばらくは会社に通ったけれど、いろいろ塩梅《あんばい》できるようになってからは、アパートはそのまま置いておいて、一年のうち十ヶ月は、とらおと恒子さんと新吉さんの家をぐるぐるまわって、短期居候《いそうろう》在宅勤務を繰り返した。

とらおの家は、居心地がいい。だからだろうか、とらおは女の子にもてる。

「恋人はすぐにできるし、同棲もするけど、またすぐに出ていっちゃうよ」

と、とらおは言うけれど。

「きっとみはるのせいだ。小姑《こじゅうと》が年に二回か三回来て、一ヶ月とか居候し続けるなんて、めんどくせえじゃん」

そう言いながらも、とらおはわたしを追い出そうとはしない。

とらおの家とくらべ、恒子さんの家は、とても居心地が悪い。整理整頓《せいとん》が行き届いているのは、とらおのところと同じなのだが、その整理整頓具合が、なんだか気にさわるのである。

最初に恒子さんの西麻布のマンションに居候した時に言い渡されたのは、
1 部屋の中のものは、必ず元あったところに、元あった位置と角度の通り、戻すこと
2 持ち込んだものは、退去する時すべて持ち去ること
3 おかあさん、ではなく、恒子さん、と自分を呼ぶこと
という、三つの条件だった。そもそも、母親なのに「おかあさん」と呼ばず、「恒子さん」と名前を呼ぶように強要するところからして、気にさわるではないか。

「あら、気にさわるの？　でもねえ、今まではあたしの些末《さまつ》な美意識を家族に無理に押しつけるのも教育上よくないかと思って、ずっと我慢して『おかあさん』で呼ばれててあげたの。だけどもう、我慢はやめたわ。それに、このくらいの条件、たとえばシェアハウスの相手だったら、当然のことでしょ」

恒子さんは、言った。

「角度まで元の通り、っていうのは、珍しいと思うよ」

わたしはせいいっぱい反抗したけれど、たしかに、血縁関係などのない共同生活者どうしとすれば、まずはまっとうな条件である（角度以外は）。

恒子さん、と母親を呼ぶようになったので、自然に父親のことも、新吉さん、と呼ぶようになった。最初は抵抗があったけれど、時間がたつと、名前を呼ぶ方が自然に感じられてきたことは、ちょっといまいましかった。

恒子さんの部屋は居心地が悪いが、居心地が悪いことが、かえって居心地をよくしているという、矛盾した感じがある。実のところ、とらおの部屋よりも、新吉さんの部屋よりも、わたしは恒子さんの部屋の滞在時間が、いちばん長い。

「あたしに男ができたら、もう来ないでよね」

恒子さんはいつも言う。さいわい、まだ「男」ができた様子は、ない。

新吉さんは、実は山師《やまし》だった。

家族をいとなんでいた時代は、繊維関係の堅い会社に勤め、週末は日曜大工仕事にはげみ、子どもたち（わたしととらおのことだ）を、動物園・遊園地・海水浴・その他もろもろの季節行事に連れて出かけ、日曜日の夕飯の時には率先してサザエさんを見ては、「あははははは」と笑う、そんな父親だった。

ところが、家族をおしまいにして、山梨に古民家を買ってからの新吉さんは、まったく違う男になってしまった。

煙草《たばこ》を吸うようになった。

お酒の量も、五倍くらいに増えた。

そして、山師になった。

最初に新吉さんがおこなったのは、埋蔵金探しだった。

「このへんは、いい埋蔵金の噂が多いからさ、ここに住むことにしたんだよ」

新吉さんは、嬉《うれ》しそうに言っていた。無精髭《ぶしょうひげ》がはえ、体を使っているためか筋肉質になった新吉さんは、妙に色っぽい感じがした。

埋蔵金探しを新吉さんは二年ほど続けたが、結果は出なかった。次に新吉さんがおこなったのは、古民家売買の仲介だった。

「このへんにはいい古民家がいっぱいあるから、古民家再生の技術コミで、都会の金持ちどもに売りつけて、丸儲《まるもう》けだ」

うへへへ、と、今まで聞いたことのないへんな笑い声をたてながら、新吉さんは何軒かの古民家を、「都会の金持ちども」に売りつけた。

商売はうまくいっているようにみえたのだが、住んでみたら新吉さんの売りつけた古民家にはいろいろ不具合が出て、ちっとも「再生」されていないというクレームがついた。のらりくらりと新吉さんが言い逃れをしていたら、一人の「都会の金持ち」が裁判をおこした。

「へっ、だから都会の金持ちってのは、いやなんだ」

新吉さんは毒づき、古民家売買からも手を引いた。その後も、新規の怪しい商売を始めては少し儲け、だいぶ損をし、ということを新吉さんは繰り返している。

「貯金とか、ずいぶん減っちゃったんじゃないの？」

聞くと、新吉さんは自慢そうに、

「いやいや、おれ、金の運用はうまいから、損した分はちゃんと取り返してる」

と、どこ吹く風なのである。

新吉さんの家には、ときおり女があらわれる。どの女も、恒子さんそっくりだ。

「おかあさんが好きなんじゃないの、結局？」

わたしが聞くと、新吉さんは顔をしかめる。

「こういう時だけ『おかあさん』とか言うなよ」

女たちは、明らかにわたしを敵視する。とらおと同棲する若い女の子たちは、わたしのことはあまり気にしていないように見えるけれど、新吉さんのところに出入りする女たちは、山猫のように色っぽくて荒々しくて、敵意をむきだしにすることを怖《おそ》れない。

「山猫のこと、みはるは知ってるの？」

新吉さんは聞く。

「知らない。でも、山猫のような女、っていう言葉を、どこかの小説で読んだことがある」

「小説なんて、信用ならんよ」

そうかもしれない。家族が解散する、という設定の小説を、わたしは何篇か読んだ記憶があるけれど、どれも今のわたしたちとは、ずいぶん違う。家族が元どおりになる小説もあったし、ばらばらのままのもあったけれど、どちらにしても、小説の中の解散家族と、わたしたちの解散家族に、似たところはあまりない。

「今度さ、豚の飼育を始めようかと思ってるの。みはるは、どう思う？」

新吉さんは聞いてきた。知らないよ、豚のことなんて。わたしが答えると、新吉さんは煙草をふかしながら、豚ってさあ、仔豚《こぶた》の頃は小さいのに、そのうちすっごくでかくなるんだ、なんか、得だよな？　と、嬉しそうに言うのだった。

家族というものがとてもあやういものだということを、家族が解散してからはじめて、わたしは知った。それまでは、家族は何があっても一生家族なのだと、思いこんでいたのだ。

「油断しまくりじゃない、それ」

恒子さんは笑う。

「油断って、なにそれ。意地悪ね、恒子さんは」

「意地悪なんじゃなくて、正直なの」

恒子さんのところに、わたしはこの三ヶ月、ずっと居続けている。

「そろそろ、出ていったら」

しきりに恒子さんは催促する。

「でも、とらおのところはこの前行ったばかりだし、新吉さんのところは、この季節は寒いからなあ」

「じゃ、自分の部屋に戻ればいいじゃない」

「あんなお風呂もない部屋、いやだ」

「風呂のある部屋に引っ越しなさいよ」

「お金がもったいない」

「なるほど」

恒子さんも新吉さんも、お金はとても重要だと、いつも言う。「今の日本では、『金』が信仰の対象だ」というような類《たぐい》の言葉はよく目にするけれど、それとは少し意味が違うようだ。

「たとえば、仕事って、いやなことが多いでしょ。でも、お金をもらっていることを思えば、我慢できるじゃない。だから、お金は大切なの」

というのは、恒子さんの言葉で、

「金があれば、うまいもん食えるし、病気になっても治療費が払える」

というのは、新吉さんの言葉だ。

家族を解散してから、わたしは熱心にお金をためるようになった。知り合いに、

「家族がいないからお金をためている」と打ち明けると、いつも「かわいそう」という顔をされる。何かあった時に助けてくれる人がいないんだな、という意味の「かわいそう」である。

でも、よくよく考えてみれば、家族だからどんな時でも無条件に助けてくれる、なんていう保証は、最初からなかったのだ。

「そうよ。それって、家族に対する、ただの甘え」

恒子さんは言う。

「甘えちゃ、いけないのかよ」

いつか、とらおは言っていたけれど。

「甘えちゃいけないんじゃなくて、甘えるのが当然だっていう考えが、甘えなの」

というのが、恒子さんの答えだった。とらおが直接恒子さんに聞いたのではなく、わたしが伝えたとらおの言葉に対する答えである、何しろとらおは、この五年間、恒子さんにも新吉さんにも会っていないのだから。

それにしても、なぜわたしは、こんなふうにずっと、元家族の住んでいるところをてんてんとしているのだろう。自分でも、よくわからない。

「みはるは、淋しがりだからな、昔から」

と、新吉さんは笑うけれど、淋しいからではない、ような気がする。

それじゃあ、なぜなんだろう。

「たまたま、そういう人間だっていうだけのことじゃない？」

と、とらおは言う。


この前、久しぶりに会社に行った。

知らない社員が、たくさんいた。知っている社員も、少しいた。

「無人島から引き上げてきた人みたいな顔ですね」

と、同期の島田さんに言われた。島田さんが飲みに誘ってくれたので、久しぶりに焼き鳥を食べに行くことにした。

「焼き鳥、おいしいね」

と言ったら、また島田さんは、

「無人島のたべものしか食べていなかった人みたいな言葉ですね」

と言った。

「無人島のたべものって、何？」

「貝とか、椰子《やし》の実とか」

「それ、ごちそうじゃない」

「そうですね、ごちそうです。材料の出どころのはっきりした、食品添加物とか入ってない、ごちそう」

島田さんは、少し前に結婚したのだという。

「結婚式、したの？」

「しなかった。いろいろあって」

「いろいろ？」

「まあ、簡単に言うと、めんどくさかったのと、お金がもったいなかったのと」

「結婚って、どう？」

家族をつくろうとしているのか、島田さんは。ぼんやり思いながら、聞いてみた。

「一人の時と、あんまり変わりないです」

思いがけない答えを、島田さんはした。家族って、とってもいいですよ。そんな答えをなんとなく想像していたのに。

「じゃ、どうして結婚したの」

「一度、してみたかったから」

ふうん、とわたしは首をかしげた。してみたかったから。そんな適当なことで、人は結婚してしまうのだと、少し驚いた。

「恒子さんは、なぜ結婚したの」

聞いてみた。

「うーん、新吉さんが好きだったから、かな」

「じゃあ、なぜ家族をやめたの」

「うーん、新吉さんに関心がなくなったから、かな」

「嫌いになったの？」

「ううん、嫌いにはならない。でも、関心がなくなった」

「そんな簡単なことで、家族をやめて、いいの？」

「新吉さんも賛成したからね」

「わたしは賛成してないよ」

「みはるは、今でもまだ、家族解散に反対なのね」

「そうだよ」

「でも、悲しいかな、日本は多数決社会なのよ。それにね、今まだあたしたちの家族がそのままあったら、みはるはどんな感じ？」

そう聞かれて、わたしは言葉につまった。

答えるかわりに、わたしは恒子さんに、今夜は何食べたい？　と聞き返した。グラタン。恒子さんは答えた。とらおのところでグラタンを作ったことを、思い出した。ゆうべの切り干し大根を、今夜のグラタンには入れよう。パイレックスのお皿がないから、ほうろうの浅鍋《あさなべ》を使おう。

「ねえ、恒子さんは、わたしのこと、好き？」

「好きよ。好きに決まってるでしょ」

ああ、と、わたしは思った。そうなのだ。今までわたしは、この質問をすることが、どうしてもできなかったのだ。こんな簡単な質問なのに。

「自分の子どもだから、好きなの？」

「うん、それもある。でも、自分の子じゃなくても、みはるのことは、きっと好き」

「ほんと？」

「たぶんね」

体じゅうの力が、ぬけた。崩れ落ちそうになった。でも、我慢した。自分が一本の瓶で、今、その栓がぬけたような気持ちだった。でも、きっとまだたくさんの栓が、わたしの中には詰まっている。

ああ。もう一度、わたしは思った。それから唐突に、来週は、とらおのところに行こうと決めた。今回は、一ヶ月ではなく、一週間だけ滞在しよう。川のほとりにある、とらおの部屋。真夜中になったら、きっと水が匂うだろう。そうしたら、いつものように聞いてみるのだ。明日は、何を食べたい？　と。

廊下

日曜日の夕方というのは、どうしてこんなにいつも心ぼそいのだろう。うとうとと昼寝をしたあと、ぼんやりしたまま部屋の中を見まわすと、脱いだ時のかたちのままにまるまっているくつしたの片方が床に落ちている。まだ暮れてはいないけれど、あきらかに太陽はこの後どんどん傾いてくるだろう、というふうな薄まった日射《ひざ》しが窓越しにさし、ガラスのはきだし窓の外にあるベランダには、午前中に干した洗濯ものが、午前中よりも褪《さ》めた色あいで、静かにぶらさがっている。ぶるんと頭をふって、立ち上がった。冷たい水で顔を洗い、少しだけお化粧をして、着がえる。スカートをはこうかどうしようかと迷い、結局パンツにする。コートのポケットにおさいふとハンカチが入っているのを確かめて、玄関のドアに鍵《かぎ》をかける。今日は、市の美術館に行くこととしよう。

今朝読んだ新聞の美術館案内には、外国の造形作家の展覧会をやっているとあった。牛や、馬や、ヤギなどが、たくさん展示してあるらしい。

バスは、すいていた。スーツを着た男の人が一人、うたた寝をしている。がくん、と首がおれ、少しだけ目をさまし、また寝入り、ふたたびがくん、と首がおれると、びっくりしたように目を大きく開いた。きれいな男の人だなと思った。眼鏡をかけており、髪は黒くて短い。肌は白く、眉《まゆ》がこい。停車ボタンを、男の人は押した。下りてゆく姿も、きれいだった。背は少し丸まっているけれど、歩きかたが軽やかだった。ついてゆきそうになったが、我慢した。

飛夫《とびお》が突然いなくなったのは、一年前のことだ。飛夫とは、三年前に知りあった。わたしが三十歳の誕生日を迎えた少し後である。飛夫はその時、二十歳だった。十歳も年下の男の子と何を話していいのかもわからなかったのに、なぜだか気があった。ちょくちょく二人きりで会うようになり、徹夜で飲みあかしたこともあったし、ひどい喧嘩《けんか》をしたこともあった。

一緒に住みはじめたのは、二年前からだ。飛夫は、よくバイオリンをひいてくれた。父親がバイオリニストだったそうで、幼稚園の頃から徹底的に技術をたたきこまれた

のだという。家は貧乏で、音楽大学には行かなかったが、

「音大のやつらよりも、おれはずっとうまいよ」

と、飛夫はいつもつぶやくように言っていた。国内の小さなコンテストに参加し、優勝したこともある。銀色のトロフィーを、いつか見せてもらった。けれどプロのバイオリニストになるのは、なかなか難しかった。飛夫は、スタジオ仕事をしたり、居酒屋で働いたり、道路工事の旗ふりをしたりして生活していた。わたしと一緒に住むようになってからも、いつも忙しがっていた。

いなくなる少し前から、飛夫はあまりバイオリンを弾かなくなった。飛夫のバイオリンの音が、わたしは大好きだったのに。飛夫は、たぶんわたしでない誰かに、バイオリンを聴かせるようになっていたのだ。書き置き一つ残さず、飛夫はいなくなった。

「そんなひどい男のことは、早く忘れておしまい」

麻耶《まや》さんは言う。麻耶さんは、わたしの祖母だ。母よりも、わたしは祖母と仲がいい。早く結婚をしろ、としか言わない母にくらべ、麻耶さんはずっと自由だ。

「自由なんじゃなくて、無責任なの」

麻耶さんは言う。それは事実かもしれない。飛夫に、麻耶さんは一度だけ会ったこ

とがある。わたしと飛夫がディズニーランドに行った時に、ばったり出会ったのである。麻耶さんは、同い年くらいの男の人と一緒にいた。

「山田さんよ」

麻耶さんは彼を紹介した。山田さんは、帽子をとって、優雅にお辞儀をした。飛夫は、黙ってじっと立っていた。麻耶さんと山田さんは、動きの遅いアトラクションだけを選んで乗る予定なのだと言った。

「年だからね、あたしたちは」

年をくっていることを誇るかのように、麻耶さんは言うのだった。麻耶さんたちと別れてから、飛夫はずっと無言だった。列に並んでいる時も、つまらなさそうに、寒そうに、立っていた。麻耶さんたちに会うまでは、楽しそうにしていたのに。

「寒いね」

わたしは言ってみた。五月のおだやかな日だったが、日陰は少し寒かった。盛り上がらないまま、夜のパレードも見ずに、その日わたしと飛夫はディズニーランドを後にした。東京駅で駅弁を買って、家で食べた。麻耶さんに後日会うと、

「かわいい子ね。でも、朝香《あさか》がふりまわされそう」

とだけ、言っていた。

美術館のエントランスは、長い廊下になっていた。靴音が、壁や床にすいこまれる。しんとした中をゆっくり歩いてゆくと、展示室から青年が一人、出てきた。遠くに見えたその姿が近づいてきた時、驚いた。飛夫だ、と思った。

「とびお」

小さな声で、呼びかけた。青年は顔をあげた。違った。飛夫とそっくりの、けれどもっとずっと幼い表情の男の子だった。男の子は、首をかしげてわたしを見た。すみません、人違いでした。わたしはあわてて答えた。男の子は、にっこりと笑った。飛夫の笑いかたと、よく似ていた。

「あなたも、ぼくの知っていた人に、よく似ています」

男の子は言った。そのまま男の子とわたしはすれちがい、また互いに遠ざかった。展示室の入口で振り返ると、男の子も振り返ってこちらを見ていた。軽く頭を下げあい、それで終わりになった。

飛夫がいなくなったのは、日曜日の午後だった。

雪催《ゆきもよ》いの日で、暖房をめいっぱい効かせても、部屋はあまり暖かくならなかった。

「ちょっと、時計台に行ってくる」

飛夫は言ったのだった。時計台、というのは、駅のすぐ横にあるビルのことだ。壁に時計がはめこんであるので、わたしたちはそのビルのことを「時計台」と呼んでいたのだ。一緒に住み始める前に、よく時計台の下で待ち合わせをし、すぐそばの居酒屋に行ったものだった。そのままわたしの部屋に流れ、飛夫が泊まってゆき、そのうちに一緒に住みはじめる、というなりゆきもあり、時計台はわたしたちにとっては特別な場所だった。

気持ちが沈むと、飛夫はよく時計台に一人で行った。一度だけ、わたしは時計台に行くという飛夫をこっそりつけたことがある。時計台に行くと三時間は帰って来ない飛夫を、もしかするとほかの誰かと会っているのではないかと疑ったのである。

飛夫は、ずっと立って時計を見ていた。一時間たっても、二時間たっても、飛夫は動かなかった。私の方が根負けして、最後まで飛夫を見届けずに帰った。それ以来、飛夫が時計台に行く時に心配をすることはなくなった。

それなのに、あの雪催いの日、飛夫は帰って来なかったのだ。時計台の下で、一時間ほどはたたずんでいたのだろうか。それとも、時計には目もくれずに、電車に乗ったのだろうか。あるいは、ちらりと時計を見て、しばらくはたたずんで、それからどこかに去ったのだろうか。

飛夫のバイオリンは、飛夫の音楽仲間に連絡して、引き取ってもらった。音楽仲間の男の子も、飛夫からはまだ連絡がないと言う。でも、バイオリンは引き取ってくれた。黒い古びたバイオリンケースと、楽譜類を入れたダンボール箱二つを車に積みこむと、男の子は、「あざっす」と短く言い、頭を下げた。わたしも頭を下げた。車は、ぼろぼろの青い小型国産車だった。

飛夫がいなくなり、翌年に美術館で飛夫に似た男の子と出会い、けれどその後飛夫の存在はわたしの中でだんだんに薄くなっていった。

さらに数年後、麻耶さんが入院した。

「もうじき死ぬみたいよ、あたし」

駆けつけたわたしに、麻耶さんが言うので、わたしはおろおろした。

「ふふ、冗談。だけどあたし、八十五歳よ。病気じゃなくても、死ぬのはもうじき」

「ほんとは、何の病気なの？」

わたしは、あせって聞いた。

「血圧が高くてね。中性脂肪値も高いし、それなのに骨密度は低いのよ」ぜんたいに、茶化すように、麻耶さんは言った。名前のつく病気ではないのだが、体が弱っているのだという。

「麻耶さんが死ぬの、いやだ」

「あたしだって、いやよ」

「山田さんも悲しむよ」

「山田さんはね、あたしより十歳年下なの。朝香と、ほらあの、飛夫くんって子と、同じ年の差」

「飛夫とは、もう別れたよ」

「そうだったっけね」

麻耶さんは、ほほえんだ。ほほえまれて、気持ちが少し軽くなった。麻耶さんはじきに退院した。一人暮らしも、続けた。退院後は、月に二回は麻耶さんを訪ねるようにした。麻耶さんは、いつも元気そうだった。

でも、麻耶さんはその翌年に、亡《な》くなった。電話しても出ないので、母が麻耶さんの家に行ったら、ベッドの中で冷たくなっていたのだという。

「眠ったまま死ぬなんて、うらやましいわ」

と母が言うのに、腹がたった。眠ったままだろうが、起きていようが、麻耶さんはまだ死にたくなかったのだ。いや、それより、わたしが麻耶さんに死んでほしくなかったのだ。

葬式は、盛大だった。麻耶さんはいつも、「葬式なんて辛気くさいもの、してほしくないわ」と言っていたのに、母が取り仕切っておこなったのだ。斎場はだだっ広くて、明るかった。精進落としのお鮨《すし》は、乾いていた。麻耶さんが食べたら、きっと「まずい」と顔をしかめたにちがいない。山田さんは、葬式には来なかった。きっと麻耶さんが、来ないでほしいと頼んでいたに違いない。

そしてさらに十年がたった。その間に、わたしは結婚し、男の子が一人生まれ、退職し、子供が小学校に入ったのをしおに、また働きはじめた。

結婚相手は、一歳年上のサラリーマンである。クラシック音楽を聴くのが趣味で、自分でもバイオリンを弾く。もちろん飛夫の方がずっと上手なのだけれど、わたしは夫の奏《かな》でる少しつたない音も、大好きだ。

派遣社員として、わたしはいくつかの職場に通った。「ヤマダ企画」というデザイン関係の事務所では、三年間働いた。ヤマダ企画は、麻耶さんのボーイフレンドだった山田さんが開いた事務所だった。その偶然を知ったのは、働き始めてから一年以上たった時である。創業四十周年記念のために、簡単な社史をリーフレットに作る仕事をまかせられ、創業者の写真を見て、はじめて気がついたのだ。

山田さんは、まだ生きていて、悠々自適の生活を送っているという。創業記念のパーティーには、山田さんも出席した。わたしのことなど忘れているだろうと思っていたら、山田さんの方から声をかけてきた。

「麻耶さんに、似てきましたね、朝香さんは」

わたしのファーストネームを山田さんが知っていることに、びっくりした。

「麻耶さんは、朝香さんのことがかわいくてしかたなかったんですよ。いつも朝香さんの話をしてました」

ディズニーランドで会った時の、山田さんの優雅なお辞儀を思いだした。涙が出そうになって、困った。山田さんは、ディズニーランドで麻耶さんと一緒に撮った写真を見せてくれた。パスケースに入っていた。麻耶さんはあでやかだった。

「ほんとうは、麻耶さんはビッグサンダー・マウンテンに乗りたがったんです。でも私が怖がって」

山田さんは言い、笑った。

美術館に行ったのは、その少し後のことである。「ヤマダ企画」のおつかいで行ったのだ。

見覚えのある美術館だと思った。エントランスの廊下が長い。突然思いだした。飛夫が出ていってから一年ほどしたあの日曜日の夕刻に、ふらりと訪ねた市の美術館だった。

廊下は、あの時よりもさらに長く感じられた。向こうから青年がやってくる。近づいてきた。ヤギや牛や馬のオブジェを見たのだった。思わず、え、という声がもれた。飛夫そっくりの青年だったのだ。まさか。

さらに近づくにつれて、青年の顔がはっきりと見えてきた。やはり、飛夫だ。それも、あの頃の、二十歳少し過ぎたばかりの飛夫だ。

あの時と同じように、「とびお」と、小さく呼びかけた。青年は、こちらを向いた。

「あさか?」

飛夫も、言った。

わたしは飛夫に駆け寄った。飛夫も、駆け寄ってきた。飛夫の体温を感じるほど近くまで来た時に、けれど飛夫は突然消えた。

急いでまわりじゅうを見渡した。誰も、いなかった。廊下の端から端までさがしたが、やはり誰もいなかった。悄然《しょうぜん》としながら、美術館の事務所に行った。約束の時間だったから。

仕事を終えてから、三十分ほどかけて美術館中をさがしまわった。倉庫まで見せてもらったが、もちろん飛夫はいなかった。よく晴れた日だった。美術館の横にある公園で、子供たちが遊んでいた。並木道をバスが走っている。乗らなければ、と思いながら、何台もやり過ごし、そのあとどうやって会社に帰ったのか、もう覚えていない。

ヤマダ企画への派遣が終わってからは、こまぎれにさまざまな会社に行く時期が続いた。息子は大学生になり、夫はそろそろ定年が近くなった。日曜日の午後、夫も息子も出かけた日に、昼寝をした。起きると夕方で、昔にかえったような感じで、心ぼそさがおそってきた。

久しぶりの心ぼそさは、悲しみだけでなく、ほんの少しのなつかしさも呼びよせた。顔を洗って軽く化粧をし、着替えた。コートのポケットに携帯電話とおさいふとハンカチが入ってることを確かめ、家を出た。

市の美術館は、ずいぶん古びていた。あいかわらず、エントランスの廊下は長かった。ゆっくりと歩いてゆくと、向こうから女の人が来るのが見えた。予感がした。女の人は、姿勢がよくて、おおまただった。

「麻耶さん」

まだ少し距離があったが、呼びかけた。

「あら、朝香じゃない」

麻耶さんは答えた。ディズニーランドでばったり会った時よりも、ずっと若い麻耶さんだった。

「元気にしてる？」

「うーん、死んじゃったから、元気も元気じゃないもないけど、ま、元気よ」

「山田さんは、もうそっちに行ったの？」

「ううん、あのひと、なかなか来てくれないのよ。この世に未練たらたらなんじゃない？」

麻耶さんは言い、しばらくの間、少しまぶしそうにわたしの顔を眺めていた。

「ねえ」

意を決して、わたしは麻耶さんに聞いた。

「なあに」

「飛夫は、そっちにいるの？」

「いるわよ」

「元気にしてる？」

「だから、死んだ人間に、元気も元気じゃないも、ないってば」

麻耶さんは、笑った。華やかな、麻耶さんらしい笑い声だった。

「いつ、死んだのかな、飛夫は」

「あたしよりも、少し前だったみたい」

そのことは、なんとなく、わかっていた。でも、信じたくなかった。

「また、ここに来たら、会える？」

わたしは聞いた。

「もう、ここに来るのは、やめなさい。時は、戻らないのよ」

わたしは、麻耶さんの方に、ほんのわずか手をのばした。とたんに、麻耶さんは消えた。廊下は、しんとしていた。その日の展示は、フランスにずっと住んだ日本の画家の絵だった。ゆっくりと見て、家に帰った。

それからまた十年ほどがたった。市の美術館へは、その間一度も行かなかった。息子は結婚し、孫も一人生まれた。退職した夫は、料理をつくるようになった。なかなか、上手である。わたしはいくつかのボランティアグループで活動したり、近所の公民館でコーラスをしたりして、日を過ごしている。

暮れも押しつまった日曜日、車椅子《くるまいす》の介助で美術館に行く、というボランティアに参加した。行き先は、あの市の美術館だったけれど、人数も多いので、もうエントランスの廊下で誰かに出会うこともないだろうと思った。そのとおり、がやがやと歩くわたしたちのグループとは、誰もすれちがわなかった。

マイクロバスを見送り、美術館の前でわたしたち介助のスタッフは解散した。まだ日は暮れ残っている。公園で子供が遊んでいた。どこかの家からピアノの練習をする音が聞こえてくる。並木道を、バスがやってくる。

いやだ、と思った。このままにするのは、いやだ。

わたしは、バスに背を向けた。小走りに美術館まで戻り、ドアをあけ、受付で券を買い、エントランスの長い廊下に踏みだした。誰も、いない。とても静かだ。

やがて、向こうから人影がやってきた。

「とびお」

話しかけてみる。飛夫は、昔と同じように、色が白かった。眉がこくて、眼鏡をかけている。わたしと暮らしていた頃より、少しだけ若くみえる。わたしが年とったから、そう感じるのかもしれない。

「あさか」

飛夫が答えた。

わたしたちは、立ち止まった。互いの顔を、じっと見つめあった。

「年とったよ、わたし」

「うん、たしかに年とった」

「失礼ね」

「正直なだけ」

「バイオリン、弾いてる？」

「おれさ、朝香の旦那《だんな》の方が、おれよりいい音出すと思う。いや、ほんとに」

「でも、飛夫の方が、上手よ」

「ありがとう」

人影が、もう一つ、向こうの方からやってくる。麻耶さんかと思ったが、ちがう。もっと歩幅が狭いし、麻耶さんのように、ぱっとあたりを照らすような華やかさがない。

「来たね」

飛夫が言い、女の子に手をさしのばした。飛夫と女の子は、手をつないだ。

女の子は、若い頃の、わたしだった。

「昔、朝香にバイオリン聞かせなくなっただろう。かわりに、こいつに聞かせるようになってたんだ」

女の子は、少し照れたように、わたしに向かってお辞儀をした。わたしは呆然《ぼうぜん》として二人を見ていた。

「朝香さんは、長生きしてね」

飛夫は言った。それから、女の子とかたく手をつないだまま歩きはじめた。女の子も、飛夫と同じ歩幅で、並んで歩いてゆく。わたしはただ、二人を見つめることしかできなかった。女の子が、振り返った。しあわせそうな表情だった。胸が、鋭く痛んだ。もっと飛夫といたかったのに。もっと愛したかったのに。感情が、ほとばしるようにあふれて胸を満たした。

二人の姿が見えなくなる直前に、もう一度、二人は振り返った。女の子、といっても、三十歳を過ぎているその顔は、飛夫よりも時間のしるした跡が深かった。飛夫の方は、もう顔がかすれていて、なんだかあやふやになっている。女の子は、ぼう、と口をあけて、何かをつぶやいた。

「ありがとう」

そう、聞こえた。二人は、消えた。廊下はひえびえとしていた。

ありがとう、か。

わたしはつぶやき、今度こそ、美術館を出た。まだ日は暮れていない。風が冷たい。夫のことを、少しだけ、思った。それから、なぜだか、飛夫のバイオリンを引き取りに来てくれた男の子の乗っていた、ぼろぼろの青い小型の国産車のことも。穴のあいた後部座席の上に、飛夫の古びたバイオリンケースは置かれていた。飛夫のバイオリンの音色を思いだそうとしても、思いだせなかった。夫の音色ばかりが耳によみがえる。飛夫の顔も、もううまく思いだせない。そのことがわかったとたんに、涙がこみあげてきた。並木道をバスがやってくるまで、泣いた。それから、ポケットからハンカチを出し、涙をふき、はなをかみ、バスに乗りこんだ。

解説 ――日常の暖簾《のれん》を潜《くぐ》って

美村里江

役者としてデビューした二〇〇三年頃。緊張と疲労の日々で、脳内は常に熱いガスが充満していました。読書がリフレッシュ方法であったのに、本屋が開いている時間に本を買いに行くことすら難しい状況で、電子書籍も普及前。心が酸欠に陥って朦朧《もうろう》とした日々であったと思います。

そんな中でも、ありがたいことはあるもの。インタビューで読書が好きと話すと、出版社の方々と仕事をする度に、新刊本と文庫本が何冊か入った嬉《うれ》しい紙袋を頂戴《ちょうだい》するようになりました。そこで『おめでとう』や『センセイの鞄《かばん》』など、川上弘美さんの物語との出逢《であ》いがあり、中でも『椰子《やし》・椰子《やし》』の、山口マオさんのもぐらの絵に心惹《ひ》かれました。

余談ながら、私は耳の目立たない頭のまるっとした生き物が好きで、現在所有しているぬいぐるみも、カエル・もぐら・シーラカンス・ムーミントロールのご先祖さま、という具合です。なので、普段表紙にあしらわれることのないもぐらが、ランドセルを背負《しょ》って立っている絵に釘付《くぎづ》けになりました。これは一体……？　いやいや、タイトルとカバーデザインがキャッチーだけど、『センセイの鞄』の作家さんだし、中身はあんな感じじゃないかな。

そんな予想は半分あたり、半分は大はずれでした。終始まろやかで読みやすい筆致であるものの、まさか、もぐらの妊婦と写真を撮るなんて……。所々「おや」「まあ」と驚きながら読み終えたところ、頭の中に滞留していたガスが換気され、久々にスッキリした気分。大変良い心地でした。

『センセイの鞄』を読んだ時点で好きになっていたのですが、ここで初めて川上さんの世界に「出逢った」感じがしました。夢日記がベースということで、創作とは違った脳内のワイルドな部分というのでしょうか。もっと『椰子・椰子』的な作品を読みたいと、熱く願ったものです。

そんな経緯からのファンなので、雑誌「クウネル」は購入して一番に川上さんの連載ページを広げておりましたし、短篇《たんぺん》集『ざらざら』『パスタマシーンの幽霊』『猫を拾いに』に大満足。長篇小説、エッセイ、日記、書評集、対談……川上さんのお話は、どんな時もつるりつるりと喉《のど》越しよく、お腹《なか》と心に入ってきます。瞬《またた》く間に一冊丸ごと摂取できる軽やかさがあり、それでいて読後は風味の良い後味を、繰り返し鮮やかに思い出せるのです。そんなふうにどれも楽しく読んで参りましたが、特に短篇は前述の「脳内のワイルドな部分」をより味わえると感じています。

本作でも日常の中に時折、もぐらの妊婦的エッセンスが出てきて、度肝を抜かれます。例えば、「銀座 午後二時 歌舞伎座《かぶきざ》あたり」の、小さな人の恋人を救うための猫との激闘。または「二人でお茶を」のトーコさんが穿《は》く、ムーミントロールがびっしりプリントされたたま緑色のタイツ。「一体どんな感じだろう」と想像で脳が活性化、読後には満足の吐息が出ます。

私にとって度肝を抜かれることは、思考的デトックス効果が高いようです。ペールトーンのレースを重ねた様にふんわりした世界に、地球上の石と比重の異なるゴツゴツの隕石《いんせき》が突然、ポイ、と放り込まれる……。読みやすいだけではない、川上作品のそんなスリルも大いに楽しみにしているのです。

そして、役者としての視点で見ると、川上さんの物語からはこんな恩恵もあります。実際に私が演じる上での「現役実用パーツ」となっている、収穫物をご紹介しましょう。

（一）登場人物の存在感に長短は無関係
（二）人間の持つ余白を大事にしましょう
（三）「生物のルール」を踏まえた上で……

（一）登場人物の存在感に長短は無関係
川上さんの短篇は、人物の日常とプロフィールを大変コンパクトに済ませます。それでもしっかりと伝わってくる人柄、透けてくるそこまでの人生。大袈裟《おおげさ》な表現は不要だし、何気ない瞬間からもその人の生きてきた痕跡《こんせき》は伝えられる。

ドラマや映画において、一場面だけ登場しても実在の人だと感じさせる名優達も、この点を押さえているのでしょう。未熟な頃は、出演時間が長い方が人物描写として観客へ届きやすい、という錯覚がありましたが、今は短い時間の表現の方が燃えます。端的に人物を伝えることは難しいけれど、できないわけはない。それを教えて頂いたと感じています。

（二）人間の持つ余白を大事にしましょう
わからないことはわからない、というリアリティ。川上作品の人物は多めの余白を持っていて、人型をみっちりした情報で埋めていないことが魅力的です。

それを見習って、役毎《ごと》に自覚のない部分を持たせ、理屈で埋めず余白を好《よ》しとしてみました。すると、今までなかった一人一人の奥行きを感じ、役柄それぞれにもっと面白みを感じるようになったのです。

またこれは、観客を信用する、という意味も含みます。役設定など準備するところはしっかりし、その他はゆるやかに余白として開放する。演じている私本人が答えを持っていなくとも、観《み》ている人が余白から見つけ出してくれる……。そう期待しながら演じることは、とても楽しいと知りました。

(三)「生物のルール」を踏まえた上で……
私が最も好きな部分かもしれません。学生時代生物について勉強されていたためでしょうか。この視点を持ちながら読むと、余計に面白く感じる表現がそこかしこに。

「儀式」で天罰を下す、アルコールに酔わない不老の存在にじわりと感じられる畏怖。

「憎い二人」で眼鏡の男が見たゾンビになった夢（ゾンビ作品では犬↓人の媒介描写が多いけど、ウイルスなら当然逆もあるな、とハッとしました。しかし五匹もゾンビ犬にするとは)。「スミレ」の人間を精神年齢に応じた見た目にするための技術も、発想が理系です。

非日常的物語でも、どこかで「今生きていること」そして「人はいつか必ず死ぬこと」が染《し》みてきます。露骨に生死が書かれていなくとも感じるのは、書き手がそれを根底で感じていて、その分自在にそのルールを超えられるからではないかと思うのです。生物としての基本を踏まえた上に、未知の生物や神様、不死の存在があしらわれるからこそ、違いを心地よく読めるのではないかと。

これを役者業に転じると、まずは演じている本人が役柄の生死、生物のルールを強く感じる必要があります。今生きているから喜怒哀楽に意味があり、命に限りあるから出来事に必死になる。こうした当たり前のことこそ、つい認識しそびれるのです。

それをもう一度根底に埋め直し、芝居の合間に「今生きている」ことを感じ、ふとした瞬間に「この役も私もいつか必ず死ぬ」と思う。それだけで、どんなささやかな場面からも輝く欠片《かけら》が見つかり、より集中して「その人物の今」に、自分の心身を投じることができる様になりました。

「自分を材料として別の人間を作り続ける」仕事の中で、特に助かっている大物部品三つを紹介しましたが、演技ではない舞台装置の部分。「現実感」の表現において登場する「小物」の重要性も痛感します。

川上さんの物語は、いつも悠々としていて広がりがあります。六畳や八畳のせせこましいサイズではなく、三十畳くらいにゆったりと広い。それを可能にしているのは、部分部分を留めている「物体」ではないかと感じます。大きなレジャーシートを留める重石《おもし》の様な役割で、読者を物語に集中させてくれます。

本書内で示すならば……。

「鍵《かぎ》」と「銀座 午後二時 歌舞伎座あたり」に共通する小さい銀色のダンベル。「儀式」の昨日から作りおいてある和風のスープ（白菜、大根、にんじん、鶏肉《とりにく》、こんにゃく、豆腐入り）。「お金は大切」の喫茶店のスパゲティナポリタンセット（太麺《ふとめん》）。「憎い二人」のナスカの地上絵模様のスカジャン。「ぼくの死体をよろしくたのむ」のミステリー作家黒河内璃莉香《くろこうちりりか》がいれる安定しない味のお茶……等々。

人によって異なる選出になるはずですが、どこかで見たり、触ったり、飲食したことがある気がする、文中の物体。そこへぎゅっとピントが合い、自身の記憶や思考からアンカーが降り、物語に深く繋《つな》がる。そうして作品世界がどのように伸び縮みして裏返っても、安心して堪能《たんのう》することができる気がします（芝居の世界では「小道具」や「美術」と言いますが、製作側の人間として、これらが自然に配置された作品にはハズレなしと断言できます）。

短篇の名手は多くいらっしゃいますが、日常と非日常を暖簾《のれん》一枚の気軽さで行き来し、手触りと匂《にお》いと現実感があり、生きていることと死ぬことが寄せて返す川上弘美短篇集は、やはり特別だなあと感じます。

おしまいに本文から、単純に私が好きな部分を。

犬のたましいは、いい匂いがします。なくしたきれいな気持ちみたいな匂い。／「なくしたものは」

「そういう生まれつきの人なのよ」／「ルル秋桜《こすもす》」

弱いっていうことは、とても強いことなんだな。／「ぼくの死体をよろしくたのむ」

(好物じゃないネタの回転寿司《ずし》のお皿が流れ去る、みたいな感じだな)／「いいラクダを得る」

「うん、それもある。でも、自分の子じゃなくても、みはるのことは、きっと好き」／「無人島から」

こうした表現を、指先にしっくりくる丸い石を拾うように、川上作品の中から採集。

その後、街で信号待ちしている時や夜寝入る前などに心のポケットから取り出し、すべすべした言葉に癒《い》やされております。

しかし役者としては、脳内のワイルドな部分も活《い》かした、直感的な表現にも憧《あこが》れています。もぐらの妊婦には届かなくとも、一瞬でも観客の度肝を抜いてリフレッシュさせたい……。

その修練のためにも、今後も川上さんの新作を楽しみに、しっかり摂取して参りたいと思います。

（令和四年七月、俳優・エッセイスト）

この作品は平成二十九年三月小学館より刊行された。

川上弘美著

おめでとう

忘れないでいよう。今のことを。今までのことを。これからのことを——ぽっかり明るくしんしん切ない、よるべない十二の恋の物語。

川上弘美著

ニシノユキヒコの恋と冒険

姿よしセックスよし、女性には優しくこまめ。なのに必ず去られる。真実の愛を求めさまよった男ニシノのおかしくも切ないその人生。

川上弘美著

センセイの鞄

谷崎潤一郎賞受賞

独り暮らしのツキコさんと年の離れたセンセイの、あわあわと、色濃く流れる日々。あらゆる世代の共感を呼んだ川上文学の代表作。

川上弘美著

古道具 中野商店

てのひらのぬくみを宿すなつかしい品々。小さな古道具店を舞台に、年の離れた4人のもどかしい恋と幸福な日常をえがく傑作長編。

川上弘美著

なんとなくな日々

夜更けに微かに鳴く冷蔵庫に心を寄せ、蜜柑の手触りに暖かな冬を思う。ながれゆく毎日をゆたかに描いた気分ほとびるエッセイ集。

川上弘美著

ざらざら

不倫、年の差、異性同性その間。いろんな人に訪れて、軽く無茶をさせ消える恋の不思議。おかしみと愛おしさあふれる絶品短編23。

井上荒野著　あたしたち、海へ

親友同士が引き裂かれた。いじめる側と、いじめられる側へ――。心を削る暴力に抗う全ての子供と大人に、一筋の光差す圧巻長編。

江國香織著　犬とハモニカ
川端康成文学賞受賞

恋をしても結婚しても、わたしたちは、孤独だ。川端賞受賞の表題作を始め、あたたかい淋しさに十全に満たされる、六つの旅路。

江國香織著　ちょうちんそで

雛子は「架空の妹」と生きる。隣人も息子も「現実の妹」も、遠ざけて――。それぞれの謎が繙かれ、織り成される、記憶と愛の物語。

小川洋子著　薬指の標本

標本室で働くわたしが、彼にプレゼントされた靴はあまりにもぴったりで……。恋愛の痛みと恍惚を透明感漂う文章で描く珠玉の二篇。

小川洋子著　いつも彼らはどこかに

競走馬に帯同する馬、そっと撫でられるブロンズ製の犬。動物も人も、自分の役割を生きている。「彼ら」の温もりが包む8つの物語。

角田光代著　笹の舟で海をわたる

不思議な再会をした昔の疎開仲間は、義妹となり時代の寵児となった。その眩さに平凡な主婦の心は揺れる。戦後日本を捉えた感動作。

角田光代著　平凡

結婚、仕事、不意の事故。あのとき違う道を選んでいたら……。人生の「もし」を夢想する人々を愛情込めてみつめる六つの物語。

金原ひとみ著　マザーズ
ドゥマゴ文学賞受賞

同じ保育園に子どもを預ける三人の女たち。追い詰められる子育て、夫とのセックス、将来への不安……女性性の混沌に迫る話題作。

金原ひとみ著　軽薄

私は甥と寝ている――。家庭を持つ29歳のカナと、未成年の甥・弘斗。二人を繋いでしまった、それぞれの罪と罰。究極の恋愛小説。

桜木紫乃著　ふたりぐらし

四十歳の夫と、三十五歳の妻。将来の見えない生活を重ね、夫婦が夫婦になっていく――。夫と妻の視点を交互に綴る、連作短編集。

桜木紫乃著　緋の河

どうしてあたしは男の体で生まれたんだろう。自分らしく生きるため逆境で闘い続けた先駆者が放つ、人生の煌めき。心奮う傑作長編。

瀬戸内寂聴著　爛

この躰《からだ》は、いつまで「女」がうずくのか――。八十歳を目前に親友が自殺した。人形作家の眸《ひとみ》は、愛欲に生きた彼女の人生を振り返る。

瀬戸内寂聴著

命あれば

寂聴さんが残したかった京都の自然や街並み。時代を越え守りたかった日本人の心と平和な日々。人生の道標となる珠玉の傑作随筆集。

多和田葉子著

雪の練習生

野間文芸賞受賞

サーカスの花形から作家に転身した「わたし」。娘の「トスカ」、その息子の「クヌート」へと繋がる、ホッキョクグマ三代の物語。

多和田葉子著

百年の散歩

カント通り、マルクス通り……。ベルリンの時の集積が、あの人に会うため街を歩くわたしの夢想とひと時すれ違う。物語の散歩道。

中島京子著

樽とタタン

小学校帰りに通った喫茶店。わたしはコーヒー豆の樽に座り、クセ者揃いの常連客から人生を学んだ。温かな驚きが包む、喫茶店物語。

西加奈子著

窓の魚

私たちは堕ちていった。裸の体で、秘密の心を抱えて——男女4人が過ごす温泉宿での一夜と、ひとりの死。恋愛小説の新たな臨界点。

西加奈子著

白いしるし

好きすぎて、怖いくらいの恋に落ちた。でも彼は私だけのものにはならなくて……ひりつく記憶を引きずり出す、超全身恋愛小説。

ぼくの死《し》体《たい》をよろしくたのむ

新潮文庫 か－35－15

令和四年九月一日発行
令和五年六月三十日二刷

著者 川《かわ》上《かみ》弘《ひろ》美《み》

発行者 佐藤隆信

発行所 株式会社 新潮社
郵便番号 一六二―八七一一
東京都新宿区矢来町七一
電話 編集部(〇三)三二六六―五四四〇
読者係(〇三)三二六六―五一一一
https://www.shinchosha.co.jp

印刷・株式会社精興社 製本・株式会社大進堂

ISBN978-4-10-129245-8 C0193